男爵令嬢
「王子様、私の仲間を罵倒したこと、地獄の底で後悔しなさい」
セイファート王国第三王子
ヴィンセント
「クッ、舐めるなァッ！勝つのはこの僕だ——ッ！」
獣人 ウォルフ
「ソフィア、どうして俺なんかのために！」
謎の執事 ウェイバー
まことに見事な戦いぶり……！
…ここまできて、
違うんですぅウッカリで
こうなっちゃったんですぅぅううう！」
って言えるわけもないからなぁ

ソフィア・クレイシア
あの少女に続けーッ！
オレたちもやってやるぞーッ
っ……そうだ、ボクたちだって
立ちすくんでちゃダメだ！
「――戦えなくてもいい。逃げ出してもいい。
でも、絶望することだけは絶対に駄目よ！
どうか最後まで諦めず、自分に出来ることを探し続けなさいッ！」
うえーん！ お願いだ
みんな戦ってえええ
あぁ……来てくれた……
助けてくれた……！
ワシも魔物どもを
ブチ殺しに行くぞッ！

貧乏令嬢の勘違い聖女伝

~お金のために努力してたら、王族ハーレムが出来ていました!?~

Binboreijono Kanchigaiseijoden

著 馬路まんじ Manzi Mazi
イラスト ひさまくまこ Kumako Hisama

CONTENTS

プロローグ

「げほっ、げほ……！」

暗くて冷たい洞窟の奥地で、私は血を吐きながら倒れ込んでいた。

周囲には錆《さ》びた剣や槍《やり》を持った骸骨の化け物・スケルトンどもが、ガタガタと骨を鳴らしながらにじり寄ってきている。

対してこちらは身体《からだ》中傷だらけで『魔力』も空っぽ。もはや私に、抵抗できる手段などなかった。完全に詰みである。

「はぁ……ここで終わりかぁ。私の人生、最悪だったなぁ……」

死の間際、私は二十年の生涯を振り返ってそう呟《つぶや》いた。

まず生まれた家が最悪だった。一応は男爵の家系に生まれたのだが、貴族とは名ばかりで常に貧困に喘《あえ》いでいた。

そこそこ優秀な『魔法使い』だった祖父が、若い頃に戦争で成果を上げて貴族に取り立ててもらったのだが、与えられた領地は枯れ果てていて、とてもじゃないが贅沢《ぜいたく》な暮らしなんてできなかった。

——領民たちもどこかから流れてきた罪人や病人ばかりで、みんな死んだ目をして生きてたっけ。

そんな場所に生まれた私がまともな人間になれるわけがなかった。生活苦から母親は出ていき、常に空腹に苦しみ続ける日々を送っていれば、絵に描いたような根暗女になるに決まっている。

当然ながら身体も育たず、底辺貴族の痩せっぽち女となれば嫁ぎ先も見つからず、十五歳になる頃には「家のために金を稼いできてくれ」と言われて無理やり『冒険者』にさせられ、モンスターどもと殺し合う日々が始まったのだった。

……辛《つら》くて苦しい毎日だったよ。回復薬の素となる薬草を採るために、私自身が何度も傷つき……貴族たちが装飾品とするモンスターの素材を得るために、貴族令嬢であるはずの私が命を懸け続けた。

そうして五年間祖父から引き継いだそこそこの魔力だけを頼りに、何度も死にかけたり、暗い性格のせいで同業者から馬鹿にされたりしながら、必死で戦い抜き——大した成果を上げることもなく、私は死ぬことになるのだった。

「ははっ、もういいや……殺すなら殺しなさいよ！」

あまりにもゴミみたいな人生に笑いながら、周囲のスケルトンどもに吼《ほ》え叫ぶ。

ああ、そういえば笑ったのなんて何か月ぶりだろう。涙だったら毎晩こぼしているというのに。

そんなどうでもいいことを思いながら、私は全身をズタズタに斬り裂かれていったのだった。

そして。


「――おお、ようやく生まれたか！　性別は……なんだ、女か」

……えっ!?　あれっ、どういうこと……!?

スケルトンどもに嬲《なぶ》り殺されたと思ったら、次の瞬間、なぜか私はお父様に抱き上げられていた。

ど、どういうことッ!?　まさか奇跡的に助かって、親が病院に入れてくれたとか……っていうのは二重の意味であり得ないな、うん。間違いなく致命傷を負ってたはずだし、家に治療費なんてないしね。

ていうか目がぼんやりとしか見えないんだけど、なんかお父様、すごく若返ってる感じがしない……？

「んん？　なんだこの子は……まったく泣かんがどういうことだ？　……まぁ生きているのならそれでいい。お前の名前は今日から『ソフィア・グレイシア』だ。グレイシア家の名に恥じぬよう立派に育つように」

は、はぁ？　そりゃ私はソフィア・グレイシアだけど……え、本当にどうなってるの……？

私はしばらく困惑した末、急に来た眠気によって静かに意識を落としていったのだった。

◆
◇
◆

――手提げカバン一つを手に、母親だった人が叫ぶ。

「もうこんな貧乏生活にはウンザリよッ！　あたしは出ていきますからねッ！」

生まれてから三年。家を出ていく母の姿をもう一度見送りながら、私は確信した。やはり私は人生をやり直すことになってしまったのだと。

家を後にしていく母の姿も、泣きながら膝をつく父の姿も、かつて三歳だった時に見たまんまだ。

……あの時は私も大泣きしてたっけか。『行かないで、ママッ！』と必死に叫び続けたが、母は一度も振り返ることはなかった。

「はぁ……何よ、これ」

人生のやり直しというありえない体験を前に、私は溜《た》め息を吐《つ》いた。

原因なんてまったくもってわからないし、そもそも信じたくなんてなかったよ。生まれてからの三年間、悪い夢を見ているのだと思ってほっぺを何度もつねったが、プニプニするばかりで一向に目を覚まさなかった。これが死に際の幻覚だったら、さっさと死にたいとすら思っていた。

だってやり直しということは、辛くて辛くて堪《たま》らなかった生活をもう一度送らなければならないのだから！

そう理解した瞬間、私は絶望すると同時に——強い怒りを感じたッ！

ああ、このまま再び絶望しろと!?　悶《もだ》えるような空腹の苦しみを、モンスターどもに斬り裂かれる痛みを味わい直せとッ!?　ふざけるなッ！

こんな気持ちになるのは初めてだった。きっと、『前世』から長年思っていた死ねばラクになれるという考えが完全に否定されたからだろう。全身をズタズタにされる最悪の痛みを味わって、ようやく最後の退路に逃げ込めたと思ったら、最低のスタート地点からまた始めろだと？　本当にふざけるな。

これが様々な現象が重なって起きた奇跡なのか、あるいは神様という存在による気まぐれなのかはわからない。突き止める手段もない。

……ならば今重要なのは、これからどうするかだ。

とりあえず自殺してみる？　——却下だ。また生まれ直すようなら死に損である。というかもう痛い思いはしたくない。

ならば思考も心も全部殺して、引きこもりにでもなってみる？　——それも却下だ。心を殺そうが思考を止めようが、お腹《なか》が減ったら苦しくなるのは前世で勉強済みである。あと引きこもりに食わすメシはウチにない。

ああ——だったら前に突き進むしかないじゃないか！　あがいて、もがいて、少しでも幸せな未来を掴《つか》み取るしか、道はない！

　こうなったらもうヤケっぱちだ。私は踵《きびす》を返して亡くなった祖父の部屋に向かうと、あの人が戦争時代に使っていたナイフを持ち出し、父のむせび泣く玄関に戻った。

「……お父様、少し出かけてきます」

「なっ、何を言ってるんだソフィア⁉　母親が出ていって悲しくないのか！　こんな時に遊びに行くなんてっ、」

「遊びに行くんじゃありませんッ！　今夜の夕食を狩りに行くんです！」

「はぁっ⁉」

　素っ頓狂な声を上げる父を置き去りに、私はボロっちぃ屋敷を飛び出した。

　細い足でズンズンと突き進んでいく。向かう先は裏山にある森だ。枯れ果てているグレイシア領では珍しく土地の肥えた場所なのだが、数えきれないほどの狼《おおかみ》が生息していて、いつしか行く者はいなくなってしまった。

　そんなところに痩せっぽちの三歳児が向かえば、普通は帰ってこられないが……あいにく私は普通じゃない。

　森の入り口に辿《たど》り着くと、手にしたナイフに力を込めて――、

「猛《たけ》き炎よ、我が刃《やいば》に宿れ。『ファイアエンチャント』！」

　魔法の呪文を唱えた瞬間、その刀身が赤く燃え上がった。

　――魔法とは、一部の者だけが持つ魔力というエネルギーを使い、自然現象を人為的に再現する超

能力のことだ。中でも『ファイアエンチャント』は難しいほうで、魔力の放出を維持し続けなければいけないことや、武器が燃え尽きてしまわないよう熱の方向性を外側に調節し続けなければいけないことから、中級クラスにジャンル分けされている。前世における五年間の冒険者生活の中で、日銭を稼ぐために身につけた技術の一つである。

まぁ、難しいとは言っても所詮は中級クラス。ベテランの炎魔法使いならばほとんどが習得しているだろうが……少なくとも、三歳の時点で使える者なんてよっぽどいないだろう。

そう、今の私には冒険者として戦い抜いてきたかつての知識と経験があった。魔法の使い方だけではない……小型モンスターを捕らえるための罠《わな》の作り方や、奇襲しやすくするための気配の消し方など、文字通り命懸けで身につけてきた技術の数々があった。

三歳の身体でどれだけ頑張れるかはわからないが、もう前世のような惨めな生活は送りたくない！　平和で豊かで幸福な未来を勝ち取るためだったら、どんな苦労だってしょい込んでやるッ！

「もう、痩せっぽちで惨めな根暗冒険者になんてならないッ！　いっぱい食べて美人になって、お金持ちの家に嫁いでやるッ！」

普通の令嬢らしく普通に結婚して、平凡だけど幸せな生活を掴み取ってやらぁぁぁぁあああッ！

「水よ、大地を打てッ！　『アクアボール』！」

水魔法を地面に放って泥を作り、それを身体にぶっかける！

よし、これで人間の臭いは消したぞ！

全身を泥まみれにするなんてマトモな令嬢なら発狂モノだろうが、冒険者をやっていた私にとっては今さらなことだッ！

「さぁ――バインバインに育つために、いっぱい狩っていっぱい食べてやるッ！」

そんな決意を胸に、私は狼どもの支配する森に入っていった。

第一話　旅立ちは突然に！

——生まれ直してから十五年。私は狩りを行いながら、自分を徹底的に『改造』し続けた。

まずは根暗女からの脱却だ。前世で散々思い知らされたのだが、声も態度も小さいヤツは基本的に損をするのだ。周囲からは舐《な》められるし、冒険者同士でパーティーを組んだ時には報酬の取り分を少なくされたりとかね。

だから私は常に明るく、大きな声でハキハキと喋《しゃべ》ることにした。

「お父様、おはようございますっ！」

「お、おはよう……！」

お父様にはもちろん、たまに顔を合わせる領民たちにも元気に挨拶をするよう心がけた。

そう、太陽みたいな女の子に私はなるのだ！　……ぶっちゃけ根が暗い性格なせいで内心すごく無理してるのだが、それを悟られないよう頑張り続けた。

次は容姿についてだ。前世の私はとてもオシャレに気を使う余裕がなかったため、せっかくの赤毛もボサボサの伸ばしっぱなしにしてたのだが、今回は毎日櫛《くし》を通してツヤツヤのサラサラに保つよう心がけた。

顔の造形はまぁ、お父様がそこそこのイケオジなおかげで悪いほうじゃなかったから、笑顔補正でそれなりに見られるようになっただろう。前世でもモテてる女冒険者は、みんな人を惹《ひ》きつけるような笑顔を浮かべていたしね。……そして私はそれに嫉妬してさらに表情を暗くしていった。お前ら幸せそうでいいなぁチクショウってさ。

……まぁそれはともかく、今度は身体《からだ》についてだ。

前の私は栄養が足りなくてガリガリに育ってしまったが、今回は三歳の時からネズミやタヌキやたまに襲ってくる狼《おおかみ》どもを食べまくってきたおかげで、かなり健康的に育てたと思う。まな板だった胸もモチモチだ。

ついでにお父様にも食わせてやってたら、お腹《なか》が見事にモチモチになった。運動しようね？

そして最後に、もっとも力を入れて育てたのが『魔法』の技術だ。

どこのお金持ちの家も優秀な魔法使いの血を欲しがってるからね。生まれてくる跡継ぎが実力者なら箔《はく》が付くってもんだし。

ちなみに人は魔力の性質によって、使える属性魔法も限られてくる。大抵の者は一つの属性だけが得意で、他の属性魔法はまったく使えないか毛が生えた程度にしか使えないかのどちらかなのだが、私は『炎魔法』と『水魔法』の二つが中級クラスまで使えた。これはなかなかに運がいいほうだ。魔力量も結構あるし、お爺様の優秀な血に万歳である。

まぁそこまではいいんだけど……残念ながら私は不器用なほうだった。五年間の冒険者生活の中でたしかに中級魔法を使えるようにはなったが、ただ『使える』のと『使いこなせてるか』は別問題。術を発動しても魔力消費が無駄に多かったり、たまにコントロールに失敗したりと、ぶっちゃけあんまり才能がなかった。

要するに、運動神経はそこそこ恵まれて生まれたのに運動センスは並以下のへったくれだとかそんな感じだ。コンチクショウ。

ああ、その点については前世と変わっていなかったが――子供である私には、時間という最大のアドバンテージがあった！

そう、才能がないなら努力で埋めればいいのだ！　それから十年以上、私はたっぷりと時間を注いで魔法の威力やコントロール精度を高め続けた。

その結果、お風呂を一瞬で沸かせられるくらいの火炎放射を出せるようになったし、出現させる水の成分を細かく操って、薬草と混ぜ合わせることで回復薬も自前で作れるようになった。

これを隣の領地で安く売ったら大繁盛だ。傷の治りを早くする回復薬は、冒険者でなくても持っておきたい代物だからね～。さすがに市販品よりかはクオリティは落ちるけど、相場の半分くらいの値段で出したおかげで毎日飛ぶように売れた。

……まぁしばらくしたら他の小遣い稼ぎをやっている魔法使いたちもグイっと値下げしてきて売れなくなっちゃったけど、それでもお家《うち》に貯金を作ることができて、お父様は大喜びだった。

効力の薄い失敗作は領民たちにタダで配ってあげたらめっちゃ感謝されたし、いやーいいことをするのって気持ちいいね！　みんな元気に働いて私を食べさせてね！（打算まみれ）

さぁさぁ、こうしてパーフェクトソフィアちゃんの出来上がりである！

（無理やり作った）華やかな笑顔に、（令嬢なのに狩猟生活で育った）健康的な身体に、（婚活とお金稼ぎのために鍛えた）魔法の技術もバッチシだ！　どこに出しても恥ずかしくない完全美少女の誕生である！

さーて、いい感じな貴族か商家に嫁いで、今度こそ幸せになるぞー！　冒険者なんて当たればデカいけど外れたら死ぬ職業なんて誰がなるかバァァァカッ！　あっはっはっはっは！

そんなことを考えていた十五の夜。父はすごく申し訳なさそうな顔で私を呼ぶと、こう告げてくるのだった。

「んっ、あーゴホンゴホンッ！　……す、すまないソフィア。実はその……お父さん、しばらく前から病《やまい》に侵されていてなぁ。もしかしたら、もう長くないのかもしれないんだ……！」

「そっ、そんなっ、嘘《うそ》!?」

突然の父の告白に、私は二つの意味で驚いた！

お父様が死病を患うなんて展開、貧乏だった前世でもなかったはずだ！　今回はお腹がモチモチになるまで食べさせてあげてるのに、どうして…………って、ああああぁッ!?　もしかして原因ってそれぇぇぇぇぇぇッ!?

じゃあ、つまり……私のせいってことじゃ────────んッ!?

ショックでその場にへたれ込むと、父は慌てた様子を見せ、

「ちょっ、ソフィア!?　違うから安心してくれ！　って、あーいや、違わないけど……！　……まぁとにかく医者によると、この病気を治すにはかなりのお金がかかるという話だ。そこで、私の治療費を稼ぐためにも──なってくれないか、冒険者？」

「っっっ!?」

ファッ、ファァアアアアアアアアアアアアアッ!?　ちょちょちょちょっ、十五の夜に「冒険者になれ」だとか、それって前世と変わってないじゃんッ!?　え、何？　これが避けられない運命ってやつなの!?

正直言って死ぬほど嫌なんだけど……あああああっ、でもな────！　私が余計なことをしたせいで父が病気になっちゃったってんなら、何もしないわけにはいかないしなぁ……！

できるのならば他の方法で稼ぎたいところだが、父曰《いわ》く長くないかもしれないという話だ。それならば、回収素材によっては一攫《いっかく》千金も狙える冒険者業が一番だろう。

……私は必死に悩んだ末に、首を縦に振ったのだった。

「──わかったわ、お父様。お父様の命は、私が絶対に救ってみせるッ！」

「おっ、おぉぉぉぉぉぉぉソフィアアアアアッ！　お前はなんていい子なんだぁぁぁあああッ!?　昔から明るい笑顔を絶やさず振りまき、私や領民たちを元気にしてくれた！　危険を冒してまで美味《おい》しいお肉を食べさせてくれたッ！　ああ、まさに聖女のような子よ……！　病気になったというのに、お父さんの胸は幸せでいっぱいだぁぁあああ！」

ってげふんげふんッ!?　ち、違うからッ！　振りまいてる笑顔は単なるパチモンだからッ！　量産品の超安物だからッ！　あとそもそも、病気になったのは（たぶん）私のせいだからーッ!?

「ではソフィアよ、冒険者としてどうか頑張ってきてくれッ！」

「はい、お父様っ！　精一杯努力します！」

凛《りん》とした笑顔でそんなことを言いつつ、私は泣きそうになっていた。

うわぁぁぁあんッ！　ぶっちゃけ冒険者なんて嫌だよーッ！　もう殺し合いの日々なんてこりごりだよぉー！

うぅ……チクショウッ！　こうなったら前世の記憶や経験を活かして、速攻で稼ぎまくってササっと引退してやる！

私の夢は、普通のお嫁さんになることなんだから――――――っ！

◆
◇
◆

――ウチの娘がすごすぎる。

グレイシア家の当主、パーン・グレイシアは常々そう思っていた。

娘であるソフィアが『天才』の片鱗《へんりん》を見せ始めたのは、妻が出ていった日からだったか。突如としてナイフを持って飛び出すや、何匹もの野生動物を手に戻ってきたのだ。

一体どうしたのかと問いただしてみれば、罠と魔法を巧みに使って、狼どもの支配する森から狩ってきたのだとか。

……そう聞いた時には眩暈《めまい》がする思いだった。いろいろと驚くべきところが多すぎる。ひとまず罠作りの知識や魔法は誰から習ったのかと聞いてみれば、ソフィアは目を逸《そ》らしながら「なんとなくできる気がして……」と答えたのだった。

ああ、これを天才と呼ばずしてなんと呼ぶ？　パーンは驚きのあまり、言葉を失ってしまった。


そして、直感だけで身につけたという魔法の技術も素晴らしかった。

本来、魔法が安全に使えるようになるまでは数年の時を要するものだ。魔力というガスにも火種にも成り得る万能すぎるエネルギーを操り、イメージ一つで自然現象の発生と制御を行わなければいけないのだから、当然である。

特に火属性の魔法は危険が大きい。たとえば初級魔法の『ファイアボール』についてもそうだ。

これは手のひらから放出した魔力をガスと定義し、そこに火が灯《とも》るイメージを行うことで完成するシンプルなものだ。

だがしかし……もしもうっかり『自分の魔力は全てガスである』と定義した後、手のひらから出した魔力に火が灯るイメージを行ってしまえばどうなる？　――答えは全身発火である。手のひらを通して体内にある魔力《ガス》のほうにまで引火してしまい、ヘタをすれば大爆発だ。些細《ささい》なイメージのミス一つで死亡もあり得る。

そんなことにはならないよう、炎属性の魔法使いは何度も何度も素振りのように同じ術を使い続けて、成功率や完成度を安定させていくものなのである。

よってパーンも、娘に基礎訓練からみっちりと教え込もうとしたのだが……、

「よしソフィア、まずは『ファイアボール』の訓練だ！　あ〜、これは手のひらから放った魔力に火を灯すことで完成する初歩の技なのだが、魔力が地肌に近すぎるときに着火すると手を火傷《やけど》してしまうし、逆に一メートルも離れてからでは魔力がコントロール下を外れて火が灯せなくなってしまうためタイミングが重要であり、また魔力の放出速度や軌道のイメージにも気をつけてだな〜」

「はいお父様、『ファイアボール』！」

「……あれぇ、私より弾速速いし軌道も安定してる……！」

ゴォゴォと飛んでいく火の玉を目にしながら、パーンは再び絶句した。

――素人であるはずのソフィアが、一発で及第点の初級魔法を放ってみせたのだ。

とてもじゃないが信じられないことだった。初歩の技とはいえ、通常だったら丸一年は修練しなければ使い物にはならないはずだ。思考の制御が難しい三歳児ならばもっとかかるはずだろう。

実際にパーンが安定した初級魔法を使えるようになったのは、八歳から習い始めて十歳になった頃である。その時点で自分には才能がないと諦めてしまい、中級魔法は今でも使えなかった。

それに対して娘は、わずか三歳の時点で実戦級の完成度を誇る魔法を使ってみせたのだ。こうなれば彼女に対してとやかく言うことなどできなかった。

その後もソフィアは狩りをしながら魔法の腕を磨いていき、五歳になる頃には中級魔法を完璧《かんぺき》に使いこなせるようになるのだった。これほどの才媛が他にいるか。

さらには水魔法の応用で回復薬を調合して売り出し、近くの街で大ヒットさせたというのだから驚きである。

ああ、まさに呆《あき》れるほどの天才っぷりだ。しかも彼女はその才能に驕《おご》らず、家族はもちろん領民たちにも友好的だった。

燃えるような赤い髪に水面のような青い瞳を煌《きら》めかせ、誰に対しても笑顔で接する彼女は、まさにグレイシア領の太陽のごとき存在だった。

いつしかパーンは、そんな娘に対して敬意を抱くようになっていった。もしも彼女が狩猟や商売を行わなかったら、グレイシア家はさらに酷《ひど》い有り様になっていただろう。パーンもソフィアを見習って、貧乏生活から偏屈になっていた性格を改めた。

そして、領民たちもソフィアのことを深く愛していた。

それも当然のことだ。病人や流刑者である自分たちに対して分け隔てなく接してくれて、さらには身体を気遣って回復薬を快《こころよ》くプレゼントしてくれるのだから。荒廃した地でも笑顔で健やかに暮らすことができているのは、全てソフィアのおかげである。

パーンと領民たちは思う。ソフィア・グレイシアこそ、この地に降臨した聖女であると。

……ゆえにこそ、こうも思うのだ。素晴らしき彼女の存在を、こんな辺境地で埋もれさせていいのかと。

心優しいソフィアのことだ。これからも領地のために文句の一つも言わずに働き続け、誰かの嫁となってひっそりと人生を終えていくつもりなのだろうが――、

「――彼女の才能をこのまま埋もれさせていいんだろうか？　いいや、いいわけがないッ！　考えてもみたまえ！　我が娘であるソフィアは、十歳にもならない頃から実戦級の魔法の技術と獲物を狩り取る罠《わな》の技術を独学で習得し、獲物の解体から回復薬の調合まで一人でできるのだぞッ⁉　こんなのもうっ、『冒険者』になるために生まれたようなものではないかッ！　誰がどう考えたってこんなん歴史に名を刻む大冒険者になると思うわフツーッ！　ゆえにグレイシア領の者たちよ、私に協力してくれるな⁉」

『おおおおおおお――――――――――ッ！』

ソフィアが十五歳になろうとしていた頃、パーンと一部の領民たちは集会所に集まって一つの計画

を打ち立てた。

その名も、『ソフィアを伝説の冒険者にしてあげよう作戦』だ――――！

優しい彼女は、冒険者になれと言っても絶対に頷《うなず》かないだろう。領地のために働き続け、その才能を埋もれさせてしまうに違いない！　若き天才が枯れた土地のために凡人として終わろうとしてるなんて、そんなのは耐えられないッ！

だからこそパーンと領民たちは考えた。たとえ嫌われることになっても構わない。『急いでお金を儲《もう》けなければならない』という自然な理由を作り、彼女を冒険者の道に導こうと！

そんなわけで、

「すまないソフィア。実はその……お父さん、しばらく前から病《やまい》に侵されていてなぁ。もしかしたら、もう長くないのかもしれないいんだ……！」

「そっ、そんなっ、嘘!?」

ショックで崩れ落ちる彼女を見ながら、罪悪感でゲロを吐きそうになるパーン。

実際には病気なんて嘘である。むしろ彼女が狩ってきてくれる野生動物の肉のおかげで、最近は元気いっぱいだ。

さらに翌日、領民たちが畳みかけるように、

「すまねぇソフィア姫！　実はちょっとした流行《はや》り病が起きてて、今年は税を払うのが厳しいっていうか……！」

「なっ、そんな――――ッ!?　……そんな、ありえない……まさか私の回復薬のせいで……!?」

「っていやいやいやいや⁉　むしろ姫様のくれた薬のおかげで元気いっぱいですってッ！　あっ、いや、今は体調悪いですけど！　げほんげほん！」

顔を青くする姫君を前に、「すごく悪いことをしてるなぁ」と思う領民たち（もちろん仮病）。

だが、それと同時に誇らしくも思う。心ない貴族ならば「役立たずどもが。体調管理も仕事のうちだろうが！」と叱責を飛ばすところだが、ソフィアは他人を責める前に、まず自分の行動に何か問題があったのかと考えてくれたのだ。ああ、これほどまでに責任感の強い令嬢がいるものか……！　ウチの姫君はこんなにも立派だぞと、世界中に宣伝したいほどだ！

『ソフィアを伝説の冒険者にしてあげよう作戦』——その真実がバレた時、もしかしたら彼女は怒るかもしれない。しかしそれでもいいから、これまで領地のために必死で働いてきた彼女を、広い世界に送り出してやりたい！　明らかに森の獣を追っ払うためではなく、恐ろしいモンスターを討伐するために磨いてきたような実戦的すぎる魔法の腕を、存分に振るわせてやりたい！　それがパーンと領民たちの思いだった。

……こうして彼らの思惑通り、慈悲深きソフィアは「わかったわ。お父様のことも、領民たちのことも、みんな私が救ってみせる！」と言い放ち、数日後には旅立っていくのだった。

ああ、なんと優しくて勇気溢《あふ》れる少女なのだろうか……！　彼女こそ『聖女』と呼ぶに相応しい！

グレイシア領の者たちのソフィアに対する評価は、ついに信仰の領域へと昇り詰めていったのだった……！

――なお、

「うぇえええええええええええええええええええええんッ！　嫌だよぉおおおおおおおおおおおおッ！　やっぱり冒険者なんてなりたくないよぉぉぉおおおおおッ！　だって私、五年間やっても底辺だったもん！　ぜんぜん向いてないんだもんッ！　前世の知識があっても不安だよぉおおおおおおおおっ！」

旅立ち前の夜、ソフィアはベッドでわんわんと泣いていた。

周囲からは冒険者としての適性ありまくりだと思われている彼女であるが、それは勘違いである。ただ単に、『元冒険者』だから冒険者としての立ち振る舞いが身に沁《し》みついているだけなのだ……！

しかしパーンや領民たちはそんな事情を知るわけもないし、またソフィアのほうも、とある勘違いから冒険者になってくれという要望を断れないでいた。

「くすんくすんっ……お父様だけじゃなく、領民たちまで病気になるなんて展開、前世じゃなかった……！　これ絶対に、私が配り歩いてた回復薬の失敗作のせいだよね⁉　うわぁぁぁぁぁぁんみんなごめんねぇぇぇえええええええっ！　だって捨てるのもったいなかったんだもぉぉぉぉぉぉんッ！　おおおおおんおんおおおおぉんッ！」

領民たちの仮病を自分のせいだと思い込み、さらにうるさく泣き喚《わめ》くソフィア。調子こいて「明るい女の子になるのだっ！」とのたまっていた彼女であるが、ソフィアは元々気弱な根暗女である。傷つくことには慣れているが、自分が傷つけてしまったことで沸き起こる罪悪感には、すこぶる弱かった。

「うぅぅ……バレたら制裁待ったなしだよォ……！　みんなの治療費、頑張って稼ぐからゆるひてぇぇえ……ッ！」

……こうしてお互いの勘違いにより、ソフィアは嫌で嫌で堪《たま》らなかった冒険者の世界に出戻りすることになるのだった……！

第二話　運命の出会い！

「――いやぁ、今日も大稼ぎだったなぁソフィアちゃん！　ほいこれ、ソフィアちゃんの取り分ね！」

「ありがとうございます先輩がたっ！　それでは失礼しますね！」

ニコニコとした作り笑いを浮かべ、共闘した冒険者パーティーを後にする。

（たぶん）私のせいで発生したグレイシア領のパンデミック事件から一週間。私は隣領の大きな街『ステラ』にて、二度目の冒険者生活を送っていた。

初めてだけど初めてじゃない石畳の街を歩きながら思う。前世の記憶があるというのは、とてつもなく便利なのだと。

まず、この街の端っこに存在している『ダンジョン』の構造を全て把握できているのが大きな強みだった。

有史以前から世界の各地に点在する、凶悪なモンスターを無限に生み出す魔の洞窟……ダンジョンはとても危険な場所である。

私たち冒険者はそこに潜り、モンスターを倒すことで外に溢《あふ》れ出さないよう間引きしつつ、丈夫な素材となるモンスターの皮や牙を回収してくるのが仕事だ。

ゆえに、ダンジョンのどこらへんに目当てのモンスターがいるか把握したり、いざという時の逃げ道を覚えておくのは、冒険者として必須のスキルだった。

「……覚えきるまで大変だったなぁ。どこからモンスターが湧き出すかわからないダンジョンの中じゃ、のんきに地図を開いてもいられないし……」

前世の苦労を思い出したら自然と溜《た》め息が出てしまった。だがあの時の頑張りのおかげで、十五年経《た》った今でもダンジョンの歩き方を身体《からだ》のほうが覚えていてくれた。

かつての経験は日常生活でも大助かりだ。ステラの街は栄えているけど、街中どこでも治安がいいってわけじゃないからね。

特に郊外にある貧民街《スラム》の付近は最悪だ。前世ではうっかり迷い込んでしまい、強盗まがいの者たちに追いかけられてしまったこともある。あれは本当に怖かった。

それと前世の記憶のおかげで、『信頼できる冒険者』と『近づくとヤバい冒険者』を判別できるのも助かった。

そんなわけで、かつての根暗な私にも優しくしてくれたベテランのパーティーに一時加入させてもらい、この数日間でしっかりとモンスターとの戦い方を思い出すことに成功したのだった。

さてと……明日からはソロで頑張らないといけないなぁ。なにせパーティーを組んだら安全性が上がる分、お金の取り分が減っちゃうからね。こちとら領地の危機なのだ。

お父様は『お前のおかげで貯金があるから、定期的な治療費の仕送りはしなくていい』って言ってたけど、病《やまい》なんていつ悪化するかわからない。できることなら一年以内には大金を稼いで、最高の治療を受けさせてあげよう。

それと、早急に冒険者としての衣装代も用意する必要があった。

なぜなら……、

「あっ、あれってグレイシア領のソフィア嬢じゃないか？　相変わらず目立つなぁ……」

「ああ、あの辺境地のお嬢様か。遠くからでも一目でわかっちまうよなぁ～」

う、うぐぅ!?　周囲からの視線を感じ、私はサッと路地裏に紛れた。

はぁ……そりゃ目立つよねぇ。だって貴族なのに冒険者をやっている上、『純白のドレス』でダンジョンに潜ってる女なんて私くらいだろう。

胸元のフリルを指でいじりながら思い返す。なんでこんな物を着ることになったのかというと、前世よりもアホっぽくなったお父様が原因だ。

私が旅立とうとする日、お父様はいきなりコレを渡してこう言ってきた。

『防具代わりにコイツを着ていくといい。これはお前が冒険者になる時――じゃなくてどこかの貴族に嫁ぐ時用に用意していた特注ドレスだ！　殺人イモムシモンスター・ジェノサイドワームの糸から出来ているから、刃物だって刺さらないぞ！　姑《しゅうとめ》に嫌われて殺し合うことになっても安心だな！』

『あ、ありがとうございます！　でも、あの、ドレスって……！』

『ふはは、可愛《かわい》いだろう！』

『可愛いですけどぉ……！』


……そんなこんなで着ることになったのだが、父の言葉通り、その性能はバッチリだった。

摩擦にも強くて汚れもよく落ちるし、そこらの皮鎧《かわよろい》よりもよっぽど頑丈だ。たしか殺人イモムシモンスター・ジェノサイドワームの糸には自己修復機能もあったため、長持ちだってするだろう。まるで最初から冒険者の装備としてオーダーメイドされたような代物である。

見た目だってすっごく綺麗《きれい》で可愛いんだけど、ああ、でもなぁ……。

「はぁ〜……性能も出来栄えも最高なんだけど、とにかく目立ちすぎるんだよなぁ……！」

貴族のパーティーの場（※私は呼ばれたことはない！）だったらまだしも、戦いの場であるダンジョンにおいては、あまりにも不釣り合いな格好だ。元々が根暗女の私にとって、目立ちすぎる状態というのは心への負担が大きい。

だけどこれを脱いで安物の冒険者衣装に変えるというのもできなかった。なにせ私は、かつてダンジョン内で怪我《けが》をして動けなくなり、そのまま全身を滅多刺しにされて死んでいるのだから。

あの時の経験から装備というのはマジで大切だと理解した。せめてこのドレスと同性能の装備が手に入るまでは、我慢するしか他にないだろう。

……う〜ん。遠目にはドレスだとわからないよう赤いケープを羽織ってみたけど、それでも見られてソワソワするんだよねぇ。まぁ、宿に帰って着替えるまで我慢か。

そう思いながら足早に宿に向かおうとした時だった。腰につけた小物入れから、何かがポトリと落ちたのだ。

「あっ、これ、今日の狩りの途中で拾った魔鉱石……！」

蒼《あお》い光を放つ石を掴《つか》み上げる。たしか拾った直後にモンスターとの戦闘になってしまったため、乱雑に突っ込んでいたものだ。

ちなみに魔鉱石とは中に魔力を溜め込んだダンジョン産の代物で、砕いて塗料などに混ぜると内装がキラキラ輝くため、貴族たちに人気なのだ。

しかしダンジョンから採取したらすぐさま『冒険者ギルド』お抱えの魔法細工師に渡さないと、魔力が徐々に抜けていってただの石ころになってしまうため、すぐさまギルドに戻る必要があった。

とほほ……私としたことがうっかりミスだ。冒険者ギルドはダンジョンの出入り口に建てられているため、これじゃあトンボ返りである。

「はぁ……そこまで貴重なものじゃないけど、一応三〇〇〇ゴールドくらいにはなるからねぇ。買い取ってもらいにいきますかぁ……」

ざっくり一日分の食費程度だが、金欠の私には貴重なお金だ。

そう自分に言い聞かせ、私は目立つドレス姿でギルドのほうに歩いていった。

◆

◇

◆

「失礼しま～す」

街の人たちから注目されつつ、私は冒険者ギルドに戻ってきた。

ダンジョンの入り口を取り囲むように作られた建物であり、内部に素材の鑑定所から治療所や売店、さらには酒場まである大規模複合施設だ。

年季は入っているものの三階建ての立派な建物で、ぶっちゃけ実家の屋敷よりも大きいのが泣けるところなんだよね～……。

そんな気持ちを作り笑いで押し隠し、さっそく受付員の一人に声をかける。

「すいません、レイジさん。さっき出ていったばかりなのに戻ってきちゃいました」

「おや、ソフィア姫じゃないか！　どうしたんだい？　さてはオレに会いに来たのかな!?　それじゃあさっそく二人っきりでディナーにでも、」

「うふふ、またまたご冗談を！　素材を買い取ってもらいに来ただけですよっ！」

「あ、ああそうかい。……冗談じゃないんだけどなぁ……」

相変わらずキミはガードが堅いなぁと、肩をすくめるレイジさん。

いきなり浮ついたセリフを言ってきた通り、絵に描いたようなチャラ男として有名な人なのだ。

りする。

実際に夜は女性向けの高級バーでウェイターをしていて、そのため他の受付係よりも情報通だった

「実は魔鉱石を拾ったのですが、忘れて持ち帰ってしまって……」

「ああ、冒険者あるあるだね。オーケイ、すぐに鑑定に回しておくよ。……それとソフィア姫。実は明日、近くのお店で商人たちの大宴会が開かれると急に決まったらしくてね。明日のお昼までに新鮮なトロールの胸肉を取ってきてくれたら、高く鑑定してもらえそうだよ」

「本当ですか⁉　いつも役に立つ情報をありがとうございますっ！」

「いいさいいさ。……男の冒険者どもはオレのことを目の敵にしていて、よっぽど混んでない限りは他の受付に行っちゃうからねぇ。話す相手もほとんどない情報だし、よければ役に立ててくれ」

そう言うとレイジさんは、ちょっぴり疲れた笑顔を浮かべるのだった。

まぁ男性冒険者って腕っぷしだけでのし上がってやるぜーって感じの人ばかりだし、顔で稼いでるレイジさんみたいなタイプはすごく嫌いそうだもんね。冒険者のほとんどが男性だし、ギルドの職員も冒険者上がりの人が多いから、結構大変な思いをしてるのかも。

……でも、キザに見えていい人なんだけどなぁレイジさん。

社交辞令だろうけど、前世の暗くてガリガリだった私にもいつも話しかけてくれた人だし。

「う～ん、それじゃあさっそくトロールの討伐に出かけましょうかね。そろそろ夕食時で、ダンジョンの中も空《す》いてきそうですから」

「えっ、さっき狩りから帰ってきたばかりなのに⁉　……ソフィア姫、キミって結構タフだよね。べ

テラン冒険者の人たちも、『新人とは思えないほど働いてくれる』って褒めてたし」

あはは、そりゃ中身は新人じゃないですからね……！　あと生まれ直してからはガブガブお肉食べてますから、お肉！

「新人にとって一日に二度のダンジョン探索は荷が重いところだけど、まぁ賢そうなキミなら引き際も弁《わきま》えているだろう。ほらソフィア姫、ダンジョンへの通行許可書だ。怪我がないよう気をつけて行っておいで」

「はい、頑張ってきます！」

レイジさんから小さな許可書を受け取り、懐にしまい込む。ダンジョンは資源採掘場みたいなものだから、勝手に入ると重罪を受けちゃうんだよね。

私は彼に頭を下げると、さっそく受付の横にあるダンジョンの入り口に向かっていった。

よーし稼ぐぞ稼ぐぞー！　一刻も早く大金を稼いで、平和な人生を手に入れるのだー！

そんな思いを胸に、ダンジョンに入ろうとした――その時、

「――ダンジョンがあるってのは、ここかァァァァアアッ！！！」


獣の咆哮のような大声が、ギルドの入り口より響き渡った！

私や職員さんたちが一斉にそちらのほうを見ると、そこにはボロボロのコートを羽織った、目も髪も黒い凶悪そうな男の人が立っていた。その首には犬のような輪がつけられており、さらに彼の頭に

は狼《おおかみ》の耳まで……！

――ってこの人、『近づくとヤバい冒険者』の中でもトップ3に入る人物、『狂犬ウォルフ』じゃんッ!?

本名はたしかウォルフ・ライエ。かつては『獣人国ライエ』の王子様だった人物だ。

獣人国とウチの王国は国境となる大森林の資源を巡って長年睨み合ってきたのだが、ついに十数年ほど前、新たに就任したばかりの国王様が大侵略を宣言。

歴代の王たちに比べて、現国王陛下には情け容赦というものが一切なかった。獣人国は跡形もなく攻め滅ぼされ、住んでいた獣人たちの多くは奴隷にされてしまうのだった。

王子であるウォルフ・ライエも国王陛下の飼い犬にされ、噂《うわさ》では虐待に等しい扱いを受けていたんだとか。

しかしそんなある日、彼は陛下にこう言われたらしい。

『ウォルフよ。自由になりたければ五億の金を稼いできなさい。できなければ、君は一生負け犬のままだ』――と。

そうして所有者の許可がなければ外せない呪いの首輪をつけられた彼は、お金を稼ぐために冒険者となってトラブルを起こしまくり……一年くらいで野垂れ死ぬことになったのだった。

それが、前世で知る限りの『狂犬ウォルフ』の記録だ。

「……そっか。そういえば彼って私と同期だったんだ……」

今に至るまで気付かなかった。前世で十五歳の頃といえば、無理やり冒険者にさせられたばかりで心の余裕がまったくなかったからなぁ。

いつもピリピリしてて喧嘩《けんか》っ早い危険人物なんて近づこうとも思わなかったし、まじまじと姿を見るのはこれが初めてかもしれない。

困惑する私や職員さんたちをよそに、ウォルフはダンジョンの入り口を見ると、ニタァと笑って犬歯を剥《む》き出しにした。

「あそこかぁ……！　よぉし、さっそくモンスターをぶっ殺しまくって稼ぎまくってやるぜぇ！　待ってろダンジョンッ！！！」

そう言ってものすごい速さで駆け出すウォルフ――って待て待て待て待て待てッ!?　受付を通さずにダンジョンに入るつもり!?　許可書がなかったら重罪になっちゃうっての！

え、この人そんなことも知らずに冒険者ギルドに来たの!?　そりゃトラブル起こしまくって野垂れ死ぬわ！

「オラァッ！　そこの女どけやーッ！」

ってギャア!?　こっち来たー！　……あっ、私って入り口のほぼ真ん前にいるんだから当たり前か。

う～ん、根暗だった頃の私なら半泣きになりながら避《よ》けるところだけど、そんな自分を改めるって決めたのだ！　ここは勇気を出して、重罪を犯そうとしている同期くんを止めてあげよう！

私は両手を広げてダンジョンの前に立ちふさがる！

「ちょ、ちょっと待ちなさい！　許可書を貰《もら》わないと大変なことに、」

「知るかオラァァァアアッ！　一刻も早く自由になって、国王の野郎をブン殴ってやるんだよぉ！！！」

ひぇえええっ、この人全然減速しない⁉　このままじゃぶつかっちゃうってッ⁉

あーもう、しょうがないッ！

「水よ、我が敵を討てッ！　『アクアボール』！」

「ってぐえーッ⁉」

咄嗟《とっさ》に放った私の水弾を腹に受け、派手に吹き飛んでいく狂犬ウォルフ。彼は壁にビターンってぶつかると、そのまま動かなくなるのだった。

……って、しまったああああッ⁉　やりすぎた――――ッ‼　まさか殺してしまったのではと固まる私をよそに、レイジさんが声を上げる。

「ぉ……お手柄だよソフィア姫ッ！　よーしみんな、ダンジョン侵入未遂の変な犬を確保だー！」

「「「おぉおおおおッ！」」」

ぐったりと気絶したまま、レイジさんたちギルドの職員らにグルグル巻きにされていくウォルフ。命に別状はないようだが、白目を剥いて泡を吹いていていた。

私はそんな彼を見つめながら、「ごめんなさい……！」と小さく呟《つぶや》くのだった。

――それから数時間後。

「それでね、ウォルフくん。安全地帯がほとんどないダンジョンの中では、体力を温存するためにもできるだけ戦闘を避けるようにするのがセオリーでね」

「アァン!?　セオリーなんかに流されてんじゃねぇよ！　俺はガンガン戦っていくぜぇッ！」

「……あはは、元気が余りすぎてるね～ウォルフくんは」

「おうサンキューな！」

　って褒めてねぇよ！　そんなんだからトラブル起こしまくって死ぬんだよお前ー！


……薄暗いダンジョンの中、私は心の中で何度目かの溜め息を吐《っ》いた。

原因はもちろん、ウキウキと隣を歩く黒髪のチンピラ王子様・ウォルフくんだ。

ダンジョン侵入未遂の罪で冒険者ギルドに拘束された彼だったのだが、あの後すぐに国王陛下の執事だという人がやってきて、ギルドにこう話してきた。

『国王陛下は、彼が冒険者となってどのような末路を迎えるのかを大変楽しみにしております。だというのにスタートからコケてしまって終わりでは忍びない。ここは一つ、王のためにも一度だけ不問にしていただけないでしょうか？』

……そう言って金貨の詰まった袋を懐から出す執事さん。これでなかったことにしてくれということだろう。

こうなってはギルドのほうは断りづらい。最高権力者である国王陛下のご意向とあらば、無視するわけにはいかないからね。別に誰かを傷つけたってわけでもないし。

そうしてウォルフくんは解放されることになったのだが……ここからがちょっとおかしかった。

執事さんは、事の成り行きを見ていた私を急に呼び止め、

『可憐《かれん》な見た目からは信じられないことですが……話によればアナタがそこの狂犬を一発で撃退したそうですね。その実力を買ってお願いがあります。今日一日だけでいいので、ダンジョンでのルールやセオリーを彼に教えてあげてくれませんでしょうか？　逆らうようならぶっ飛ばしても構いませんので』

そう言って私にも金貨を握らせてくる執事さん……って、貧乏令嬢にそれはズルすぎるよぉッ!?

チンピラ王子様のお世話なんて御免だけど、お金を渡されちゃったらなぁ……うぐぐぐぐ！

こうして金貨の重さに負けた私は、狂犬ウォルフくんと一緒にパーティーを組むことになったのだった。

だーけーどー……、

「あ、ゴブリン発見！　先手必勝パンチッ！」

「ゴブゥッ!?」

「こらーっ！」

何度か教えたはずの〝戦闘はできるだけ避ける〟というセオリーはどこへやら。緑色の猿みたいな魔物『ゴブリン』を元気に殴り飛ばすウォルフくん。

身体能力に優れている獣人族なだけあって、剣や魔法も使わずに出くわした魔物全てをパンチと

キックで仕留めていた。

てか強いなぁこの人。前世でもトラブルを起こしまくる冒険者として有名だったけど、それと同時に実力者としても名を馳《は》せていたしね。

それと……なんだろう。目を輝かせながらダンジョンのあちこちを見渡し、「光る石があるぞ!?変な草が生えてるぞ！」と楽しそうにするウォルフくんを見てたら、なんというか私もウズウズしてきたというか……！

「ん、おい女！　あっちにデカいゴリラみてぇなモンスターがいるぞ！　あれが今回の目当ての『トロール』ってヤツじゃねぇか？」

「あ、ホントだね。数は……うわぁ、十四以上いるなぁ」

曲がり角から二人して顔を覗《のぞ》かせると、棍棒《こんぼう》を持った人型のモンスター・トロールの群れが徘徊《はいかい》していた。

うーん、さすがにあれは数が多すぎるかな。何体かおびき出して、分断を図ったほうがいいかも。

少し考えた末、ウォルフくんにそう指示しようとしたんだけど、

「あいつらモチモチした身体してんなぁ、お前の胸みてぇだ。――よっしゃ、さっそく倒してくるぜぇ！」

「えっ、なぜそこでセクハラ!?　って、ウォルフくーん！」

ボロボロのコートをはためかせ、ウォルフくんは駆け出していってしまった！

そうしてトロールの一体に向かって飛びかかると、拳を振り上げて吼《ほ》え叫ぶ。

「先手必勝パーンチッ！！！」

「グゴォッ⁉」

彼の拳を顔面に受けたトロールは、勢いよく吹き飛んでそのまま動かなくなった。

さらに動揺している他のトロールにも殴りかかっていき、次々と倒していく。

ああ、だけど……！

「テメェも死ねオラァッ！　……って、なに⁉」

「グゴゴゴゴォッ！」

邪悪な笑みを浮かべるトロール。ウォルフくんが放った拳は、トロールの分厚い脂肪に挟み込まれていた……！

さらに動揺するウォルフくんへと別のトロールが接近し、棍棒を振るって彼の身体を壁際にまで吹き飛ばした！

「がはぁッ⁉」

「ウォ、ウォルフくん！」

咄嗟に駆け寄り、倒れ伏した彼を抱き起こす。……どうやら骨は折れていないらしい。引き締まった筋肉が身体を守ってくれたみたいだ。

「グゴゴゴゴ……！　オマエ、ラ、コロシテ食ウ……！」

「っ⁉」

ズシリズシリと足音を立て、トロールの群れがにじり寄ってくる。ウォルフくんが最初に殴り飛ばしたヤツ以外、まだまだ戦えるみたいだ。

私は思い悩む。向こうとは逆に、こっちは仲間が戦闘不能の状態だ。彼を背負いながら逃げるのは難しいし、庇《かば》いながら戦うのもまたキツい。

「どうする……どうすればいい……！」

じりじりと迫ってくるトロールたちを前に、本当にどうすればいいのか考え込んでいた──その時。

ふと私の頭に、傷跡だらけの武骨な手が優しく乗せられた。

「っ、ウォルフくん……！」

「へへっ、わりぃな……迷惑かけちまったみたいだ。女……じゃなくて、ソフィアだったか。今度からはもう少し話を聞くことにするぜ……！」

そう言って彼は立ち上がると、トロールの群れに対して再び拳を構える。

かなりの深手を負ったというのに、彼の闘志は死んでいなかった。むしろ先ほどまでよりも熱く燃え上がり、全身から熱気が感じられるほどだ。

ああ、そうか……彼はこんな状況すらも楽しんでいるのだ。

怪我をした痛みから動けなくなり、そのまま死んだ前世の私とは違って──狂犬ウォルフは獰猛《どうもう》な笑みすら浮かべていた。

改めてわかった。この人は馬鹿だ。根暗で臆病だった私とはまるで価値観が違う、ノリと勢いだけで突き進む冒険馬鹿だ。

──そんな彼の横に、気付けば私も立っていた。

「って、おいソフィア!?　お前もやる気なのかよ！」

「当たり前でしょ、元々こいつらを狩りに来たんだから。……それと、打撃攻撃は厚い脂肪に吸収されちゃうから、ブン殴るのなら頭を狙って。そこなら奴らも防ぎようがないからね」

「……了解したぜ。そんじゃ、派手に行くとするかァッ！！！」

十体以上のトロールどもに対し、私とウォルフくんは同時に駆けていった！

前世の私なら絶対に敵《かな》わない相手だけど、今の私は違う！　あれから十五年……婚活とお金のために徹底的に自分を鍛えてきたんだから！

私は腰に差した二本の剣を引き抜くと、疾走しながら術式を発動させる。

「猛《たけ》き炎よ、我が刃《やいば》に宿れッ！　『ファイアエンチャント』！」

その瞬間、両手に握られた二刀の刃より激しき炎が噴き出した。轟々《ごうごう》と燃え盛るその火力は、未熟だった前世の比ではない。

さらに私は両足の底に魔力を込め、新たな術式を紡ぎ上げる――！

「激しき水よ、我が道を切り開け！　『アクアスプラッシュ』！」

激流を放つ水属性の中級魔法。それを私は足元から噴き出すことで、トロールどもを目がけて一気に加速していった！

「はぁぁぁあああッ！！！」

「グォオオオオッ!?」

激しく燃える剣を振るい、トロールの首を一閃《いっせん》で跳ねる！

超高熱の刃の前には、分厚い脂肪などまるで無意味だ。私は再び水魔法により加速すると、動揺している他のトロールどもを仕留めていった。

「へっ、やっぱり強かったんだなぁお前！　こりゃあ男として負けてられねぇぜッ！」

「ふふっ、今度はヘマしないでよねウォルフくんッ！」

「う、うるせぇっ！」

頬を赤らめながらトロールを殴り飛ばすウォルフくん。どうやらこのチンピラ王子様、わりと本気で反省しているらしい。結構可愛いところもあるものだ。

私たちは背中合わせになって、周囲のトロールどもを睨みつける。

「グゴガァァアアッ！　貴様ラァァアアッ!!」

いよいよ奴らも本気になったのだろう。棍棒を振り上げ、一斉に攻めてくるトロールども。だけど負ける気はしなかった。気付けば私もウォルフくんと同じ笑みを浮かべ、剣を強く握り込んでいた。

「シャァ行くぜぇ！　死ぬなよソフィアッ！」

「そっちもね、ウォルフくん！」

お互いの存在を感じ合いながら、トロールどもへと飛びかかっていく私たち。

――かくして数分後。激闘の末に全ての獲物を仕留めた私と彼は、笑顔でハイタッチを交わし合った！

閑話　ソフィアちゃんについて！(冒険者ーズ)

――酒の臭いと笑い声に溢れた夜の酒場にて、ジョッキを手にした冒険者たちが熱く討論していた。

「だーかーらー、次は俺んところのパーティーがソフィアちゃんを誘うんだよ！　おめぇは引っ込んでろ！」

「なんだとてめー！　こうなったら喧嘩で決着つけてやらぁ！」

「おーやれやれお前らー！　殴り合えー！」

ガヤガヤと騒ぐ男性冒険者たち。ここ数日、酒の席での彼らの話題は、一人の少女に掻《か》っ攫《さら》われていた。

彼女の名はソフィア・グレイシア。貧しいことで有名なグレイシア領からやってきたご令嬢である。

そんな少女が冒険者になったと聞き、〝グレイシア領はそこまで困窮しているのか〟、〝一体どんなガリガリ女がやってきたんだ〟と、興味本位で覗きに行った男たちであったが――彼女の姿を見た瞬間、一目で心を奪われた。

「へへっ……俺は思ったね。ああ、これが『お姫様』ってやつなのかってよ」

「だよなぁ。しかも綺麗なドレスまで着てるんだからビックリしたよなぁ。ありゃぁ本当に貧乏領のお嬢様なのかねぇ？」

酒をちびちびと口に運びつつ、男たちはソフィアの姿を思い起こした。

最初に見た時は本当に驚いたものだ。触りたくなるようなツヤツヤの赤髪に、瑞々《みずみず》しい白い肌に、宝石のような青い瞳。そして身に纏《まと》われた純白のドレスと、羽衣のごとく上品に羽織られたケープが、至高の美を形作っていた。

「お上品な見た目なのに明るくって、何より笑顔が堪《たま》らないんだよなぁ！　あの邪気とか欲望とかが一切なさそうなキラキラの笑顔を向けられると、なんつーかグッと来るっていうかよぉ！」

「ああ、心が綺麗なんだよソフィアちゃんは！　金のことばかり考えてる俺たちとは大違いだぜ！」

「そういえば聞いたことあるんだけどよ。ソフィアちゃん、グレイシア領の領民たちにタダで回復薬を配ってたそうだぜ!?　薄汚い俺の地元の領主とは大違いだぜ！」

〝ソフィアちゃんマジ聖女ー！〟と一斉に叫ぶ男たち。

美人で心優しい上に冒険者として腕も立つらしいとあっては、話題にならないわけがない。今や『ステラ』の街において、ソフィア・グレイシアはちょっとした有名人となっていた。

一般的な街の人間たちも彼女に魅了されつつあり、ソフィアの存在はさらに知れ渡っていくこととなるだろう。

なお——彼らは知らない。

ソフィアが自分の容姿を磨いた理由は、『お金持ちな貴族や商家に嫁いでやるぜぇ！』という欲望ダラダラなものであることに……！

領民たちに回復薬を配ったのだって、『元気に働いてちゃんと税を納めてねッ！』という凄《すさ》まじく切実な思いからである。

そんなことも知らず、男性冒険者たちが『ソロになったソフィア姫をどこのパーティーが誘うか』について議論を再開しようとしていた――その時、

「たっ……大変だぁぁぁああ！　俺たちのソフィアちゃんが、イヌ耳のワイルドなイケメン冒険者と笑顔で歩いてやがった――――ッ！」

「「「えッッッ!?」」」

突如もたらされた衝撃のニュースに、一斉にジョッキを床に落とす冒険者たち。

ガラスの割れる音が響き渡ったのを最後に、酒場の空気が凍りついた。


かくして心に深いショックを受けた男たちは、冒険者業をしばらく休業。

彼らは数日寝込んだのち、『……急に出てきた変な犬に俺たちのソフィアちゃんを取られてたまるか！　こうなったら自分磨きだ！』と一念発起し、毛嫌いしていたイケメン受付員のレイジに頭を下げてまでオシャレの仕方を学んだとか……！

「どうだレイジィ!?　キマってるか!?」

「あ、ああうん。でも、なんでいきなりオシャレを……!?」

……職業柄、基本的にはムサいことで有名な男性冒険者たち。そのイメージが少しだけ払拭されたのだった。

第三話　騒がしい日々と、強敵の出現！

「――ウォルフくん、そっちにモンスター行ったよ！」

「了解ッ！　抹殺パンチオラァッ！」

うーん、もう少し技名考えたほうがいいんじゃないかな～ウォルフくん？

彼との出会いから一週間。私たちは自然とパーティーを組むようになっていた。

今日もダンジョンの奥地でモンスターをしばき倒す一日だ。なぜか最近他の冒険者さんが休みがちだから、今のうちに稼いでおかないとね！

「よ～し、ここらのモンスターは片づけたな！　……てか返り血まみれで気持ちわりぃぜ。ソフィア、お湯出してくれるか？」

「しょうがないなぁ」

素材もあらかた取り終えた後、私の前で胡坐《あぐら》を組むウォルフくん。最近定番になってきている『かけてくれ』のサインである。

うーん本当は魔力の無駄遣いなんだけど、今日はそろそろ帰るつもりだったしね。

火と水の魔法を上手《うま》く併用してあったかいシャワーを手から出してあげると、彼はすっごく気持ちよさそうにした。

「かーっ、やっぱりたまんねぇなコリャ！　ただの水魔法使いならこんなことできねぇだろ？　お前ってすごく便利な女だよな！」

「はーい無邪気に最低発言をする子には温度急上昇でーす」

「ってアチチチ!?　わ、悪かったたってッ！」

あははっ、まぁ実際はほとんど気にしてないんだけどね～！

一週間ほどの付き合いでわかったのだが、このイヌ耳王子様にはデリカシーというものが絶無なのだ。

ごく自然な口調で『お前っていい匂いするよな』『お前の胸って柔らかそうだよな』『お前って舐《な》めたら甘そうだよな』などと言われた時にはなんだこの変な犬ってビビったけど、後で聞いてみれば、幼少期に戦争で負けて国王陛下の奴隷になってから、女性との付き合いがほとんどなかったんだとか。

つまりウォルフくんは変な犬じゃなくて、可哀想《かわいそう》な犬なのだ……！

今だって適温に戻してあげたシャワーで顔を洗った後、コートや上着を遠慮なく脱ぎ捨てて、上半身まで洗い始めてるしね。

一応は女性である私の前で、引き締まった胸板を平気で晒《さら》しているあたり、常識人への道はかなり険しそうである。

「いやぁースッキリしたぜー！　ソフィア、お前って本当に便利……じゃなくて、えーと……お前って気持ちいい女だよなッ！」

「……そうだね、よしよしよし」

「ってなんでめちゃくちゃ優しい目で撫《な》でてくるんだよッ!?　俺のほうが年上だぞオラァッ！」

イヌ耳を尖《とが》らせて怒るウォルフくんだが、撫でる手を止めようとはしなかった。

ツンツンの黒髪を優しく手で梳《す》いてあげると「ふぐぅ……！」なんて息を漏らすあたり、かなり気持ちいいらしい。よかったね〜。

「じゃあ帰ろっかウォルフくん。足元暗いけど大丈夫？　お姉ちゃんが手を繋《つな》いであげよっか？」

「だから俺のほうが年上だっつのー！」

ふふーん。悪いけどウォルフくん、精神的には私のほうが年上なんだよね〜。

コロコロと表情を変える王子様と愉快にお話ししつつ、私たちはダンジョンを後にするのだった。

◆　◇　◆

「――へーっ。それで、病気の親父《おやじ》さんや流行《はや》り病《やまい》で税も払えない領民たちを助けるためにも、冒険者になって金を稼ぎに来たってか？　立派だなぁお前」

「ふふっ、ありがとね」

素材を換金してもらって今日もガッポリ儲《もう》けた後、私とウォルフくんは夕焼けに照らされた『ステラ』の街を歩いていた。

あちこちの露店で買い食いしつつ話しているのは、私がどうして冒険者になったかについてだ。

「そっかそっかぁ。お前みたいな可愛《かわい》いヤツがなんでモンスターと戦ってんだと思ったけど、そんな事情があったんだなぁ」

「か、可愛いって……！」

むぐ……面と向かって言われたせいで思わず照れてしまった。まったくウォルフくんってば、良くも悪くもお口がフリーダムなんだから……！

彼はハグハグと串焼きを食べ終えると、何やら腕を組んで唸《うな》り始める。

「民衆のために働いてるお前は本当に立派だと思うぜ、ソフィア。俺も昔は王子だったからよ」

「うん……この国との戦争に負けて、国王陛下に捕まっちゃったんだよね」

「そうだ。家族は全員殺され、『獣人国ライエ』はこの国に支配された。俺自身も首輪をかけられ、十数年間も王城で飼い犬扱いだぜ。……だけど俺は諦めねーぞ。いつか絶対に自由を手にして、民衆どものためにも国を取り戻してやる……！」

鋭い瞳に決意の光を輝かせ、ウォルフくんは強く宣言したのだった。

……うーん、立派なのは彼のほうだと思うなぁ。私が同じ立場だったら、屈辱と悲しさでとっくに心が折れちゃってたと思うもん。

それにウォルフくんには感謝している。幼い頃から狩りをして、魔法の技術も鍛えて強くなった私だけど、やっぱりモンスターと戦うのはまだまだ怖い。いつだってやる気と元気に満ち溢《あふ》れたウォルフくんと一緒じゃなかったら、ほぼ一日中ダンジョンに潜るなんて真似《まね》はできないだろう。

おかげでたくさん稼げるようになったし、パーティーを組んで本当に正解だった。

「……つーわけでソフィア！　いつか俺が国を取り戻したら、世話になった礼としてお前を一生食わせてやるぜ！　貧乏だっていうグレイシア領だって、俺が買い取って豊かにしてやるから安心しろよ！」

「あははっ、ありがとうねウォルフくん！　じゃあ明日からもお金稼ぎを頑張ろっか！」

「おうよ！　……あっ、そうだ。今日は俺が借りてる宿に泊まってけよ。一緒に寝ようぜ」

うん！　……って、はぁぁああッ!?　いきなり何言ってるのこの人!?

驚く私に、ウォルフくんはキョトンとした顔で首をかしげてくる。

「なんだよソフィア、たしかこの前教えてくれただろ？　『一緒に寝ていいのは大好きな相手とだけだ』って。じゃあいいじゃねーか、俺お前のこと気に入ってるし」

「あ、ありがとう……っていやいやいや!?　あのね、ウォルフくん？　『大好き』っていう感情には二種類あってね、友情と愛情はまた別のもので……！」

「そうなのか、お前は物知りだな！　じゃあ俺のお前を大好きって気持ちはどっちなんだ？」

いや知らねーよッ!?　てか人通りも多い道の真ん中で『大好き』って連呼するなーッ！

うわぁ～、気付いたらみんな私たちのほうをチラチラ見てるよ……！　元根暗女の私にとって、こういう注目はホント心が重くなるからやめてー！

「……とりあえずウォルフくん、めちゃくちゃ人に見られてるからちょっと路地裏に行こっか？　詳しい説明はそこでするから」

「いいぜソフィア！　路地裏で大好きって気持ちを教えてくれるんだな！」

「って間違ってないけど言い方気をつけなさーいッ！」

はぁ、この調子だと常識人になってくれるまでどれくらいかかることやら……！

楽しそうに笑うワイルド美形アホアホ王子様を前に、私は顔があっつくなった。

◆
◇
◆

「うぅ～ん……」

窓から差し込む朝日に照らされ、私は気だるく目を覚ました。

そうして起き上がろうとして気付く。ベッドの上で、たくましい上半身を晒したウォルフくんに抱き締められている状況に。

……あーそうだ。私、昨日ウォルフくんと寝たんだった。文字通りの意味で、普通に寝たんだった……！

「ぐぉ～……すんすん……！」

「んんっ……もう、しょうがない子だなぁ……」

私のことをギュッと抱き寄せ、何やら胸や首のあたりに顔をこすりつけてくるウォルフくん。スンスンと首筋を嗅いだりたまに舌でチロチロ舐めたり、服の上から胸をちょっぴり吸ってきたりと、やりたい放題だ。

正直かなり恥ずかしいけど、叩《たた》き起こす気にはなれなかった。だって彼……本当にビックリするほど知識を教えられてないんだもん……！

昨日、軽々しく大好きだなんて言ってくるウォルフくんにみっちり常識を叩き込むため、彼のお部屋に行ったのだ。

そうしていろいろとお話ししてみたのだが、まず語彙力《ごいりょく》がなさすぎて、私に対して『友愛』と『熱愛』のどちらを持っているのかすらわからなかった。

本人曰《いわ》く、「お前といるとホワホワするぜ！」とのこと。ホワホワって何さって追究すると、「ホワホワはホワホワだろッ！　ホワホワ以外にホワホワな言葉なんてあるのかよ!?」って強く熱弁された。

うん……本人がそう言うなら、もうホワホワってことなんだろう。なんかもういろいろと面倒になったので、私に向けられている想《おも》いは『友愛』でも『熱愛』でもない第三の愛情、『ホワホワ』ってことで決着がついたのだった。

その瞬間、なぜか彼は勝ち誇った顔をした。なんでじゃ。

というわけで、とりあえず「女の人に大好きだとか簡単に言わないように！」ってだけ教え込んで、

帰ろうとする私だったけど――、

「……一緒に寝ようぜって言って、無理やりベッドに引っ張り込んでくるんだもんなぁ。あの時はどうなることかと思ったよ……」

「ぐぉ～……！」

のんきに寝ているウォルフくんの頬をビヨーンと引っ張る。

……彼に知識がなくて助かった。どうやらこのイヌ耳王子様、赤ちゃんはコウノトリが運んでくるとガチで信じているらしい。一緒に寝るという言葉も一つの意味しかないと思っているのだろう。

う～んどうしよう。一般的な常識だったら喜んで教えてあげられるけど、そういう知識を教え込むのはさすがに恥ずかしいしな～……！

「むぐっ……ソフィアぁ……いろいろありがとうなぁ……ホワホワだぜぇ……」

「……もう、だからホワホワって何よ……」

私の胸元に顔をうずめ、安心しきった表情で寝言を呟《つぶや》くウォルフくん。そんな彼の黒髪をついつい優しく撫でてしまう。

結局、彼が私に対してどんなふうに『大好き』と思っているのかはわからない。

でも少なくとも、年上だけど年下な男の子に好かれているという事実に、私の胸は温かくなっていくのだった。

◆
◇
◆

そんなこんなで、ウォルフくんと組み始めてから一週間とちょっと。私たちは毎日のようにダンジョンに潜り、モンスターどもを倒しまくっていた！

「やぁソフィア姫、今日も大儲けだったね。はい、素材買い取り額の十万ゴールドだ」

「ありがとうございますっ！」

受付員のレイジさんからお金を受け取り、意気揚々と冒険者ギルド内の酒場に向かう。

そこではすでにウォルフくんが、お酒……ではなくジュースをグビグビと飲みながら腰かけていた。

イヌ耳王子様は子供舌らしい。

「よぉーソフィア、金は受け取ってきたか？」

「もう、ウォルフくんってば先に飲んでちゃダメでしょ！　こういう時はカンパーイってするものなんだよ？」

「がはは っ、まぁいいじゃねぇか！　よぉし今日も戦いまくった分だけ飲みまくって食べまくろうぜー！」

そう言って大量の料理を注文するウォルフくん。もう、調子に乗っちゃってー。

……でもはしゃぎたくなる気持ちはわかるかな。最近の私たちは本当に絶好調なんだから！

私も席に着くと、彼に報酬の半分を差し出した。

「はいウォルフくん、分け前の五万ゴールドだよ！　今日もいっぱい稼いじゃったねー！」

「おうよ！　いやぁ～すげーよなー俺たちってさー！　たしかこの国の連中は、一か月働きまくってもせいぜい三十万ゴールドくらいしか稼げないんだろ？　ンなもん、俺たちだったら一週間もかからずに稼げるぜ！」

「たしかにすごいことだよね。……はぁ、前はこうもいかなかったのになぁ……」

かつての苦労を思い出し、私はぽつりと呟いた。

前世の私の稼ぎは、一月に十五万から二十万くらいがやっとだった。

しかも頑張って働いて少しずつ貯金しても、怪我《けが》をして動けなくなったらあっという間にパーだ。

何度か経験したけど、辛《つら》かったなぁ本当に……！

「あん？　なんだよ前って？」

「なんでもない。それよりもウォルフくん、大怪我だけには気をつけようね？　ちょっとした傷なら私の回復薬で治してあげられるけど、骨折とかになるとさすがに無理だからね？」

「わかってるっての！　俺も早く金を稼いで自由になりたいところだが、無茶して死んだら元も子もねぇからな～……」

そう言ってウォルフくんは冒険初日にぶつけた背中を忌々《いまいま》しそうに擦《さす》るのだった。

おぉ……前世では『狂犬ウォルフ』と呼ばれていた彼が、常識的な発言をするようになるなんてッ！　ソフィアお姉ちゃんは嬉《うれ》しいよ！

テンションの上がった私は、思わず彼の頭へと手を伸ばしてしまう。

「よーしよしよしよしよしよしよし、そうだよウォルフくん！　平和なのが第一だよ！　これからも無理せず安定した暮らしを目指していこうね！」

「ふあっ!?　や、やめろオラァッ!?　お前に撫でられるとなんかすっげーハワハワするんだよ！」

頬を赤らめながら必死に私の手を払いのけようとするウォルフくん。ハワハワって恥ずかしいって意味なのかな？

ふふふ、嫌がってるように見えて気持ちいいんでしょーわかってるよー？　撫でまくるたびに「ふぁあ……っ！」って息が漏れてるもんね！　うりうりうり〜！

「やめろぉー！」

「あははははっ！」

そうして、彼の顔がとろけきるまで撫でまくっていた──その時。

「フッ。まさか凶暴で手がつけられなかった貴様が、若い女に弄《もてあそ》ばれて痴態を晒しているとはな。ずいぶんと楽しそうにしているじゃないか……我が父上の奴隷風情が」

まるで歌うような美声と共に、皮肉げな笑みを浮かべた金髪の騎士が、私たちの前へと現れた。

彼の姿を見るや、ウォルフくんの表情が険しくなる。

「っ、テメェは……！」

「やれやれ。こんな小汚い酒場でよくも飲めたものだなぁ！　鈍感すぎる神経をお持ちで羨ましい限

りだ」

テーブルの端を指で撫で、ふっと指先についた埃《ほこり》を飛ばす金髪の騎士。

って何よこいつ……！　ここの酒場、安くて料理も美味《おい》しいっていうのに！

彼の仰々しい仕草と嫌味ったらしい言葉に、チラチラとこちらを様子見していた他の客たちも眼光を鋭くしていった。そりゃそうだ。さっきの言葉はお客さん全員を罵っているようなものなのだから。

てか本当になんなんだろう、この人。たしかさっき、ウォルフくんに対してこう言ってたよね。

〝我が父上の奴隷風情が〟って。

……え、ちょっと待って……ウォルフくんをペットにしていたのって国王陛下だよね？　それじゃあこの人、まさか!?

「聞いてりゃ好き勝手言いやがって……一体何しに来やがった!?　第三王子、ヴィンセントッ！」

「『ヴィンセント様』だ、この狂犬めが。相変わらず礼儀というものを知らないようだな」

っ、やっぱりこの皮肉っぽい金髪の人、王子様の一人だったんだ……！

そういえば前世で聞いたことがある。第三王子のヴィンセント様は武勇に優れ、王子の身でありながら騎士団のエースを務めているって。

ええ……そんな人がなんでこんなところにいるわけ……？

「はぁ……トラブルを起こすことなく活躍し続けていると聞いたが、やはり犬は犬だったか」

わざとらしく溜《た》め息を吐《つ》くヴィンセント。彼は懐から一枚の羊皮紙を出すと、ウォルフくんに手渡した。

「あぁ？　なんだ、こりゃあ？」

「フッ、そういえば貴様は文字が読めなかったな。……父上からこれを直接渡すように頼まれていてね。そこの可憐《かれん》なお嬢さん、馬鹿な犬の代わりに読んであげてくれるかい？」

「あっ、はい……！」

いきなりのことに困惑しつつ、私はウォルフくんから手紙を受け取って文面を見た。

すると、そこには――、

「って……何これッ⁉　『地道に稼いでいるようで何よりだ。しかしそれではつまらない。そこでウォルフよ、君に期限を設ける。一年以内だ。一年以内に五億の金を稼げなければ、君を城へと連れ戻す』――って⁉」

「はぁッ⁉　なんだそりゃっ！」

あまりにも無茶苦茶な要求に、私とウォルフくんは揃《そろ》って驚きの声を上げた。

五億の金を一年以内に用意しろだなんて、あまりにも馬鹿げてる。一般的な国民の年収がせいぜい四百万ゴールドもあればいいいところだというのに！

「あの野郎……ふざけやがってぇえええええ！！！」

激怒したウォルフくんは私から羊皮紙をひったくると、ビリビリに破いて乱暴に撒《ま》き散らした。

雪のように紙片が降る中、ヴィンセントは嘲《あざけ》りに満ちた笑みを浮かべて言い放つ。

「フハハハ！　父上は面白いことが大好きでねぇ。何十年もかけて地道に働く姿より、無茶して派手に死ぬ姿のほうをご所望らしい！　さぁほら奴隷王子、必死こいて稼いでこいよ！　血を吐きながら強敵と戦え！　さもなくば一年以内に五億を稼げないぞ!?」

「テメェッ、ヴィンセントォオオオオオオッ！！！」

ああ、ついにウォルフくんがキレた！　勢いよく立ち上がって、ヴィンセントに掴《つか》みかかろうとしてる！

まずいまずいまずいまずいまずいッ!?　たしかにムカつく相手だけど、王子様に手を上げたら一発で死刑だよ！　ウォルフくん待って――――！！！

咄嗟《とっさ》に私は立ち上がり、ウォルフくんを止めるためにコップに入ったジュースをぶっかけようとした。

だけどその時の私は本当に焦っていて、うっかり手元が狂ってしまい――、
バシャッ！

「うわッ!?」

「あっ……」

……コップから放たれたジュースはわずかに軌道を逸《そ》れ、ウォルフくんの間近にいたヴィンセント王子に直撃。

彼の端正で白い顔面を、見事にジュースまみれにしてしまったのだった。

お……終わったぁあああああああッ!?　私の二度目の人生、完全に終わったあああああッ！

私は固まりながら内心で焦りまくる！　だってこれ、いっそ掴みかかるよりも最悪じゃん！　いか

にも神経質っぽい王子様を飲みかけのジュースまみれにするって、特殊な性癖に目覚めてくれない限り終わりじゃんッ⁉　国外追放か死刑だってありえるよ！

お願いヴィンセント王子、都合よくここでマゾに目覚めて――――！

「ぉ、お嬢、さん……いや、貴様ぁぁぁああああッ！」

ってあぁぁぁあぁぁぁぁやっぱりムリだったぁああああああッ⁉　顔面真っ赤になってるよヴィンセントくん⁉　右手が剣の柄《つか》に添えられてるよ⁉『女性は傷つけない』的な騎士道精神はどこ行っちゃったの⁉

ねぇ周りの冒険者さんたち助けてー！　たまにダンジョンで助け合ってる仲じゃんかー！

「ぅ……うおおおおおおッ！　嫌味な王子にソフィアちゃんがやりやがったッ！」

「よくやったぜぇお嬢ちゃん！　あんま事情は知らねぇが、さっきから犬の兄ちゃんを馬鹿にすることばっか言ってやがって、いい加減に胸糞《むなくそ》悪かったところだ！」

「仲間のために王族相手にキレるなんて、なかなかできることじゃねぇ！　尊敬するぜぇソフィアちゃん！」

って持て囃《はや》すなぁぁああ⁉　他人事《ひとごと》だと思って拍手とかするなー！

ねぇウォルフくんもなんとか言ってよ⁉

「ソ、ソフィア……お前、俺のために……！」

……って、ウォルフくんちょっと泣いてるッ⁉　いやいやいやいやいや、やめてよそういう顔！

ここで否定しちゃったら私の良心砕け散るからッ⁉

あ――――――もう……こうなったら生き残る道は一つだけじゃん！！！

私は内心ヤケクソになりながら、今まで必死で作り笑いをしてきた顔に、『嘲笑』の表情を張りつけた。

そうして腰から剣を抜き、ヴィンセントの顔に突きつける。

「なっ、貴様っ!?」

「ねぇ――殺し合いましょうよ、王子様。私の仲間をあれだけ馬鹿にしておいて……生きて帰れると思っているのかしら？」

自分でも驚くくらいに冷たい声を出しながら、冷や汗を流すヴィンセントににじり寄る。

そう……こうなったら『決闘』だ。正々堂々戦って、ぶっ殺すしか道はないッ！　暴力を振るうのは犯罪だけど、正式な決闘でバラバラにしちゃうのはたぶんセーフだ！

ちょうどいいことに相手も騎士だし、私が勝っても文句は言わないはず！　つーか言わせないために殺すッ！

「ちょっ、まっ、待ってくれ！　急に決闘って言われても、そんな……！」

「黙りなさい豚」

「豚ッ!?」

オラァァァァァ困惑してんじゃねぇぞヴィンセントォォォオオオッ！　受けてくれなきゃ困るんだ

よォこっちはァァアアアアアッ!!　たとえ今だけ不問になっても、どうせ性格の悪いアンタのことだから「やっぱ処刑で」とか言ってくるんでしょ！

ゆえに殺す。ここで確実に絶対殺すッ！　だって死にたくないんだもん！！！

私は心の中で半泣きになりながら、さらに眼光を冷たくしていった。

◆
◇
◆

「――決闘だー！　決闘が始まるぞー！」

「第三王子とグレイシア領のお嬢様が殺し合うってよー！」

広場にごった返す数えきれないほどの民衆たち。どこから決闘のことを聞きつけたのかは知らないが、お祭り気分で羨ましい限りだ。そんな彼らに取り囲まれながら、私とヴィンセントは睨《にら》み合っていた。

「ほぉ……貴様、あの貧乏で薄汚い底辺領の娘だったのか。見た目からはわからなかったよ。ああ、そんな身分でよくも王子である僕のことを馬鹿にしてくれたな……！　女性だからといってもう許さないぞッ！」

腰から細身のレイピアを引き抜き、怒りの咆哮《ほうこう》を上げるヴィンセント。

完全にブチ切れている金髪の王子様を前に、私は思った。ああ……どうしてこんなことになっちゃったんだろうと。

前世で酷《ひど》い人生を送った私は、今度こそ幸せを掴むために自分磨きをしてきたのだ。

激しい喜びなんていらない。ちょっとお金持ちの貴族や商家のお嫁さんになって、平凡だけど幸福に人生を終えるのが理想だった。

それがいつの間にかまーた冒険者をすることになった上、王子様とトラブルを起こして殺し合う羽目になるなんて……！

私は自分の不幸さに呆《あき》れて、思わず溜め息を吐いてしまった。

「はぁ……」

「なっ、なんだその溜め息はッ!?　僕をコケにしているのか！」

ってうわぁ、なんか勘違いされてもっと怒らせちゃったよ！

あーもう、こうなったら無視だ無視。というわけでギャーギャーと喚《わめ》く王子様を冷たい視線で黙殺していると、さらに彼は顔面を真っ赤にしていった。

「クソォ！　王子である僕に対してここまで酷い態度を取った女は、貴様が初めてだッ！」

殺意を滾《たぎ》らせながらレイピアを構えるヴィンセント。そんな彼に対し、私も両手に剣を握り込む。

そうしていよいよぶつかり合おうとした瞬間、背後からウォルフくんが泣きそうな声で叫んだ。

「お、おいソフィア！　どうしてお前、俺なんかのために王子に喧嘩《けんか》を売っちまったんだよ!?　俺とお前は、まだ出会ってから一月も経《た》ってない仲だっていうのに……わけがわかんねぇよ！」

うんそうだねウォルフくん！　さすがの私もパーティー組んだばっかの人のために命を投げ捨てるほどお人好《よ》し馬鹿じゃないよ！　ぶっちゃけ私が一番わけわかんないことになってるよッ！！！

……でもここまできて、「違うんですぅウッカリでこうなっちゃったんですぅぅううう！」って言えるわけもないからなぁ。

こうなったらしょうがない。今日だけ私はお人好し馬鹿になってやることにしようッ！

私はウォルフくんのほうを振り向き、フッと笑ってこう告げる。

「関係ないよ、ウォルフくん。過ごした時間の長さなんてどうでもいい。……ただ一度でも背中を預け合った仲間のためなら、どんな相手にも立ち向かう。それが『真の冒険者』ってやつでしょ？」

「っ、ソフィアぁぁあああああ！」

ってあーもう、そんなボロボロと泣かないでよぉウォルフくん！　私、めちゃくちゃテキトーなこと言ってるだけだから！　そんなに感動されたら心が痛くなるからぁ！

あと周囲の冒険者どもも熱い視線を向けるのやめろ！　鼻を擦りながらへッて笑うな！　私の適当発言に対して「その通りだぜぇ、よく言った！」みたいな顔しないでよもう！

私は内心申し訳なさと恥ずかしさでいっぱいになりながら、ヴィンセントを再び睨みつける。

「――というわけで王子様、お前を殺すわ。私の仲間を罵倒したこと、地獄の底で後悔しなさい」

「クッ、舐めるなアッ！　勝つのはこの僕だ――――ッ！」

その瞬間、ヴィンセントの身体《からだ》から新緑の魔力が吹き荒れた！

「風よ、我が道を征《ゆ》く力となれぇッ！　『ウィンドエンチャント』！」

暴風を身に纏《まと》い、一気に彼は駆けてくる――！

って、予想以上に速い!?　たったの一歩で五歩分以上の距離を駆け、心臓狙いの一突きを放ってくる！

「そらぁッ！」

「ッ――！」

ギリギリのところで身体を反らし、高速の一撃を回避する。しかし今のは嵐の前触れに過ぎなかった。

私の側《そば》を駆け抜けたヴィンセントは、一瞬のうちに反転を果たすと先ほどよりもさらに速度を上げた突きを放ってきたのだ！　どうにか剣先に刃《やいば》を当てることで受け流すも、息も吐かぬうちにまたもヴィンセントが踏み込んできた――！

「ふははははッ！　僕の神速の刺突をよく防ぐねぇッ！　だけどその偶然がいつまで続くかなぁ!?」

どうにか三撃目も回避するが、反撃すらできないうちにくり出された四撃目の突進は、もはやヴィンセントの姿が目で追いきれないほどの速度となっていた。

これは、あまりにも速すぎる！　おそらくは踏み込みや反転の瞬間に風の魔法を放つことで、強引に速度を上げているのだろう。

私も足元から水魔法を噴射して突進の補助とする技術を使っているから、原理だけなら理解できるけど――これは私とはレベルが違う！　気付けば彼の速度は音を置き去りにするほどとなり、私は暴風の中で踊らされる木の葉のようになっていた……！

「さぁほら泣き叫べぇッ！　諦めろぉ！　貧しく卑しい下賤《げせん》な女めッ！　貴族とは名ばかりの貧乏人風情が、この国の王子である僕に逆らったことを後悔しろォォオオオ！　ふははははははははッ！」

「ソフィア――――ッ!?」

嘲りに満ちたヴィンセントの声と、ウォルフくんの絶叫が斬撃の檻《おり》の中に響いてくる。

ああ、そろそろ反射神経だけで対応しきるのも限界だ。四方八方から放たれる刺突の嵐は徐々に私の身体を掠《かす》めていき、純白のドレスに血を滲《にじ》ませていった。


だが、しかし。


「ははっ、はっ、はは、はぁ、ッ……ぁっ……諦めろって、言ってるだろうがぁ！！！」

怒号を上げるヴィンセント。彼の刺突を二百回ほど受け流した時には、その声色から明らかに余裕が抜けきっていた。

対する私も至るところに切り傷を負ってるが、だがそれだけだ。常に半歩しか動かず、二刀の刃も最低限しか動かしてこなかったため、まだまだ体力は有り余っていた。

困惑するヴィンセントに対し、一つ挑発をかましてやる。

「何発か防いだところでよくわかったわ。お前の斬撃は幼稚すぎるのよ。常に直線的でブラフもなく、馬鹿みたいに急所を狙ってばかり。おかげでとても読みやすいわ。ふふっ……速さでどうにか誤魔化しているようだけど、まるで子供の剣術ねぇ？」

「なっ、なんだと貴様ぁぁぁああああああああああッ⁉」

そうして放たれる二百一回目の突き。体力や魔力をすり減らしたことでスピードは落ち、さらには怒り狂ったことでさらに剣筋は読みやすくなっていた。

それを見て私は確信した。さぁ、そろそろ反撃に出る頃合いだと。

「はぁぁあああッ！」

私は双剣を十字に振るい、ヴィンセントの刺突に全力でぶつける！

その結果、ずっと攻撃をいなし続けてきてくれた安物の双剣は砕け散ったものの、王子様のレイピアも破壊することに成功するッ！　安売りコーナー《バーゲン》で買った剣でいかにも高級品らしい得物を砕けたのなら、まさに安い買い物だ！

「なっ、なにぃいいいいいいいいいいいいっ⁉　そんなっ、王家伝来の宝剣がぁぁあああああああああああッ⁉」

「知ったことかぁああああああああああああッ！」

さぁさぁさぁさぁ、ここからは私の番だッ！　私は腰を深く落とし、ヴィンセントの細い顎へと全力のアッパーを叩き込んだ！

「ぐはぁぁああああああああああああッ⁉」

絶叫を上げながら身体を浮かすヴィンセント。さぁ、後はどこでも叩き放題だ！　両手の拳を握り固め、王子様へと超速のラッシュを放ちまくるッ！

「ふふっ、教えてあげるわ王子様ぁ！　生き足掻くために得た、私の力をねぇッ！！！」

「やっ、やめっ、うぎゃぁあああああぁぁあああッ！！？」

顔面から心臓から膵臓《すいぞう》から肝臓まで殴って殴って殴りまくるッ！

オラァこの野郎死にやがれッ！　よくも攻撃しまくりやがったなオラオラオラァァァアアアアッ！

小さい頃から飢えをしのぐために野獣どもとバトルして反射神経鍛えてなかったら終わりだったよコンチクショウッ！

私に謝れ！　全力で謝れッ！　怖がらせたことを死ぬほど謝れッ！　そしてぇえええええッ！

「これに懲りたら――お金のない人を、二度と馬鹿にするなぁぁぁあッ！！！」

「ぐぉおおおおおおおッ!?」

魂の叫びを込めて放ったトドメの顔面パンチは、王子の身体を勢いよく吹き飛ばした！

民家の壁にベコリと埋まり、そのまま白目を剥《む》いて動かなくなるヴィンセント。血の泡を吹きながら全身を痙攣《けいれん》させるばかりで、完全に意識を失っていた。

「私の勝ちよ、ヴィンセント」

――勝利宣言と共に拳を掲《かか》げた瞬間、民衆たちがワッと大歓声を上げた。

「すっ、すげぇ！　お嬢ちゃんのほうが勝ちやがったッ！！！」

「第三王子のヴィンセントっつったら王国騎士団のエースなのによぉ!?」

「うおおおおおおおおおおおおおおッ！　カッコよかったぜぇソフィアちゃんッ！」

興奮に沸き立つギャラリーたち。これほどまでに多くの者から称賛を受けるのは、前世を含めても初めてのことだ。

あはは……みんな褒めてくれるのは嬉しいけど、全身傷だらけで痛いし、もう殺し合いなんてコリゴリだよ～……！

よし、これからはもっと命を大切にしていこう。あちこちからチョロチョロと血を流しながら私はそう思った。

「ソフィア、大丈夫か!?」

「ウォルフくん……」

血相を変えて駆け寄ってくるイヌ耳の王子様。彼はボロボロのコートを脱ぐと、さっと私の肩にかけてくれた。

おぉ、紳士的になったねぇウォルフくん。ソフィアお姉ちゃんは嬉しいよ……ってうぉお!?　公衆の面前で抱きつくなー!?

彼はいきなり私のことを抱き締めると、グズグズと嗚咽《おえつ》を漏らし始めた。

「ソフィア……俺のためだからって、もうこんな無茶はしないでくれよ……！　俺、お前のことが大事なんだよ……五歳の時に奴隷になってから十数年……優しくしてくれたのはお前だけなんだよぉ……！　もしもお前が死んだら、俺は……俺は……！」

「あはは、心配かけちゃってごめんね……」

う、うわぁぁぁ……ウォルフくんガチ泣きしちゃってるよぉ……！　こんなの絶対「実はうっかりで喧嘩売っちゃいました」なんて言えないよぉ！

うん、この真実は墓場まで持っていこう。雑草を美味しく調理できるというクソみたいな特技と一緒に、死ぬまで秘密にしておこう……！　婚活のプロフィール欄に書こうものなら、間違いなくドン引き無双ができるだろう。令嬢の特技としてアカンすぎる。

むせび泣くウォルフくんを撫でながら、そんな決意をした時だった。民家の壁に埋まり込んでいたヴィンセントが、ゴフッと苦しげに血を吐いたのだ。

……ってアイツ生きてるじゃん！　やば、殺さなきゃ！

「ごめん、ウォルフくん離して。ヴィンセント王子をこのままにするわけには……」

「ってソフィア、まさかあんなヤツの心配なんてしてんのか!?　さすがにお人好しすぎるっての！」

ウォルフくんがそう言うと、周囲の民衆たちからも「そうだぜソフィアちゃん！　あんな陰険王子ほうっておいて、早く治療院に行ったほうがいい！」と、私を気遣う声がいくつも上がった。

いや……私もあんな野郎のこと、まっっっったく心配なんてしてないんですけどねッ!?

胸骨を殴り砕いて内臓をミンチにしてやったからどうせそのうち死ぬだろうけど、あの王子様のことだ。ヘタに生かしておいたら、死に際に権力パワーで私を処刑に追い込むに決まってる！

殺さなきゃ！　処刑宣告される前に殺さなきゃッ！

狼とお肉の取り合いもしたことのない王子様の分際で、今まで頑張って生きてきた私を貧しいだの卑しいだの馬鹿にしやがって……このやろーっ、絶対に許さないんだからね！　うわああああああんッ！

私はウォルフくんの制止も無視し、ヴィンセントの前まで歩いていった。

そうして苦しげな呼吸音を漏らす王子様の喉に、手をかけようとした——その時、

「お待ちください、お嬢様。その恥さらしの介抱は私が行いますので」

突如、私の後ろから低く通りのいい声が響いてきた。ハッと振り向くと、そこには燕尾服《えんびふく》を着た眼鏡の男性が。

……ってこの人、ウォルフくんがダンジョン侵入未遂をやらかした時に冒険者ギルドに来た、国王陛下の執事さんっ!?

彼は気絶しているヴィンセントに一瞬冷たい視線を送ると、私に対して恭《うやうや》しく礼を執《と》ってきた。

「お嬢様、まことに見事な戦いぶりでございました。致命傷となる攻撃を全て防ぐ技巧……一瞬の隙を狙った戦略眼に、武器の破損からノーモーションで打撃戦に入る豪胆さ……！　あぁ、実に素晴らしい暴力だ！　とても冒険者となって一月も経っていない者の戦いぶりとは思えない！」

眼鏡の奥の細長い瞳をギラギラとさせる執事さん。

うん、こちとら前世で五年は冒険者をやってきたからね。それに小さい時から野生動物を狩ってきたから、そりゃ荒事の経験だけは豊富だよ。まぁ令嬢として全然嬉しくないけどね……。

「あはは、それほどでも……」

「いえいえ、それほどのことですよ」

執事さんはフッと微笑《ほほえ》むと、懐から青い液体の詰まったガラス瓶を出してきた。なにそれジュース？　美味しいの？

「つきましてはお嬢様、まずはこちらをお使いくださいませ。王家秘伝の霊薬『エリクサー』でございます」

ふ〜ん……って、エリクサーッ!? この人今、エリクサーって言った!?

たしか聞いた話によれば、王族にしか使用が許されない超超超最高級の回復薬で、使えば千切れた手足だって生えてくるという伝説の代物のはずだ。世に出回ろうものなら、わずか一滴でも数億ゴールドの値がつくことだろう。

そんな希少なアイテムだというのに――執事さんは片膝をついて私の手を取ると、遠慮なくボタボタと垂らしてきた！

ななっ、なんてもったいない真似を……ってふぎゃあああああああああッ!? 身体中に力がみなぎる!?

皮膚から浸透したエリクサーは一瞬にして全身の傷をふさぎ、それどころか回復という領域さえも飛び越えて、体力や魔力を傷つく前より上昇させているような気すらした。

エ、エリクサーやっぱ……！ ジュースかと思ってマジすみませんでした……！

「って、執事さん……！ どうして私にそんな大切なものを……!?」

「フフッ、どうかお気になさらず。国王陛下から言われているのです。『使うに値する者がいたら、遠慮なく振る舞ってやれ』と。ソフィア・グレイシア様。アナタは実に陛下好みの人物だ。お暇があれば、どうか一度王城へ」

「そ、それはどうも……」

う、うわぁぁあ……王様と謁見っていったら全貴族の夢のはずなのに、全然嬉しくないんですけどぉー⁉

だって国王陛下といったら、ウォルフくんに五億ゴールドの借金を背負わせて一年以内に払えって言ってきたヤバい人でしょ⁉　うわー会いたくなーい！

それにお城にはヴィンセントもいるだろうし、この執事さんもなんかヤバそうな感じがあるし、誰がドSまみれの鬼畜城なんかに行くかよ！　平気で人を傷つける連中と馴染《なじ》めるわけあるかっっっ！

「ああ、申し遅れました。私の名前はウェイバー……ただのしがない執事でございます。それではお嬢様、私はこれにて」

そう言って優雅に頭を下げると、執事さんことウェイバーさんはヴィンセント王子を壁から引っこ抜き、ズルズルと引きずりながら去っていくのだった。

私が言うのもなんだけど……王子様の扱い、それでいいんだろうか？

閑話　ソフィアちゃんについて！（鬼畜執事）

——実に興味深い経歴の人物だ。

ヴィンセントを回収してから数日後。清廉なる王城の廊下を歩きながら、執事・ウェイバーはある少女のことを考えていた。

彼女の名前はソフィア・グレイシア。辺境の土地・グレイシア領のご令嬢である。

……ただし令嬢とは名ばかりのもので、グレイシア領は土地が貧しく、領民たちの気風も良好だとは言い難い、非常に哀れな家柄に生まれた少女であった。

だがしかし。ウェイバーは眼鏡の奥にある切れ長の瞳を細め、ソフィアについての調査結果を思い出す。

彼女の経歴はとても信じられないものであった。

なんと幼少期の頃から野山に交じり、貧しい家計を支えるべく野生動物を狩り取ってきていたというのだ。

その時点でまず信じられない。年齢一桁の子供が、家族のために命を懸けて奉仕などできるものだろうか？

さらに十歳になる頃には水の中級魔法を修《おさ》め、市販品に匹敵するほどの回復薬を作成しては、領地の経済を支えるために売りさばいていたのだとか。

……これもあらゆる意味で信じられない。十歳の子供が中級魔法を身につけるというだけなら稀《まれ》にあるケースだが、回復薬を作れる女児など聞いたことがない。

調合素材となる何十種類もの薬草について詳しく知っていなければいけないし、水の成分を操作する技術も必要になる。

それに回復薬の調合レシピは、当然ながらどこの街の調合師も秘密にしている。一からオリジナルで制作を始めるとなれば、大人の魔法使いでもまともなモノを完成させるのに五年はかかるところだろう。

それを、わずか十歳の子供が可能とするなど――、

「……どんな天才であったとしても、血を吐くような努力が必要になるはずだ。ソフィア嬢……それほどまでに領地の人々を愛しておいでなのですか……」

驚嘆の思いが、ウェイバーの口から自然と呟き漏れてしまった。

元々、ソフィアについて調査する気などなかった。国王の玩具であるウォルフの世話をしている少女というので、グレイシア領の出身だという使用人たちから軽く人柄を聞いてみただけなのだ。

すると驚くことに、誰もがソフィアのことを誇らしく語り、彼女のことをこう称してみせた。

〝――ソフィア様こそ、俺たちにとっての『聖女様』です。太陽のように温かいあの方の優しさと笑顔があったからこそ、俺たちは絶望せずに生きてこられたのです……！〟

そう語った者たちの瞳には、かの少女に対する深い尊敬と感謝の念が浮かべられていた。

「（……心の荒《すさ》んだグレイシア領の者たちから、あれほどの信頼を集めるとは。ソフィア・グレイシア、本当に素晴らしいお人だ。世の中には、冒険者や貧困層を憚《はばか》りもなく馬鹿にする第三王子もいるというのに……）」

情報を集めるたびに評価が上がっていくソフィアに対し、ヴィンセントはどれだけ愚かなのだろうとウェイバーは思う。

冒険者たちの愛用する酒場を「薄汚い」と罵り、決闘の時にはソフィアの貧しい家柄を口汚く嘲《あざけ》ったヴィンセント王子の世間的評価は、盛大な敗北によって地の底まで落ちていた。

元より評判の良くない第三王子である。あの決闘から数日、すでに王都のほうでも彼が無様に半殺しにされた件が話題となっており、名誉を重んじる王国騎士団はヴィンセント王子を解雇する方針を決めていた。

本当に自業自得で愉快な限りだ。――もしも王族から外されようものなら殺してやろうかと思ったところで、ウェイバーは自然と握られていた拳を解いた。

さすがにそれは問題となる。好きに暴力を振るえた『昔』とは違うのだと、彼は自分に言い聞かせる。

「ふぅー……さて。執事としての仕事を果たさなければ」

ウェイバーは辿《たど》り着いた扉の前で深く息をすると、燕尾服の肩口を軽く払い、髪に手櫛《てぐし》を通し、最後に眼鏡を指で押し上げて格好を整えた。

そうして扉をノックすると、厳かな声で彼は告げる。

「失礼します、国王陛下。ソフィア・グレイシアについての調査が完了いたしました」

『ほう――入りたまえ』

入室の許可を受け、ドアノブに手をかけるウェイバー。

さて、ソフィアについてどのように語ればいいかと、彼は数瞬考えあぐねた。

調査報告に私的な言葉を挟むなど言語道断だが、〝お金のない人を馬鹿にするな〟と叫んだソフィアの姿を思い出し、どうしても好意的な語り口になってしまいそうだとウェイバーは諦める。

かくして――圧倒的な暴力の腕とその美貌から、かつては『貧民街《スラム》の王子』とも呼ばれていた元貧民の男は、優雅な足取りで国王の執務室へと入っていった。

第四話　遠征開始！

ヴィンセント王子に勝利した日の夜。冒険者仲間たちが酒場でパーティーを開いてくれた。

おごりで食べるご飯というのは美味《おい》しいものだ。次々と並べられてくる鶏《とり》の丸焼きやステーキをガブガブと食べ、お酒もジョッキでグビグビと飲み干した。未成年者は飲酒禁止という国もあるが、ウチの国はそのへん自由でありがたい。

熱々の料理をどんどん口に詰め込み、アルコールで流し込んでいく。

周囲からは「どんだけ食べるんだよソフィアちゃん!?」と驚かれたっけな。普段から全力で食べちゃうとお腹《なか》がモチモチになっちゃうから腹八分目で済ませてるだけで、本気になったら結構食べるよ～！　特にバトルの後のご飯は美味しいしね！

女の子としてちょっと引かれちゃうかなーと思ったけど、逆にみんなからは「へっ、ソフィアちゃんも冒険者なんだなぁ！」「見た目からは想像もできなかったけど、親しみやすくていいと思う！」って好意的に受け止めてくれたしね。それからはみんなで大食い勝負や飲み比べなんてして、めいっぱいパーティーを楽しんだ。

翌日には自己再生能力を持つドレスも直ってたし、安売り《バーゲン》コーナーで新しい剣もゲットしたし、これで状態はバッチリだ。

ヴィンセントのヤツも退けたことだし、今日からはまたいつも通りの日常を送っていこう！

そう思ってたんだけど――、

「――あっ、ソフィア嬢だ！」

「ソフィアさん握手してくださいっ！」

あははは……ど、どうもどうも～……！

声をかけてくる人たちにいつもの作り笑いで対応し、さっと人通りの少ない路地裏に入る。

……ヴィンセント王子との決闘から一週間。私の街での生活はガラッと変わっていた。


どこに行っても、とにかく誰かが話しかけてくるのだ！


街を歩けばさっきみたいな感じだし、ダンジョンでだって冒険者さんたちが『感動したぜぇ！　アンタこそ冒険者の鑑《かがみ》だッ！』みたいなことを言ってくるし、この前なんて酒場に入ろうとしたら、吟遊詩人さんが私のことを歌ってる始末！

えーと、どんな内容の歌だったっけ……たしか『ソフィアは激怒した！　仲間の尊厳を踏みにじった悪しき王子を倒すべく、二本の剣を取り立ち上がる！　まるで舞うように王子の剣戟《けんげき》をさばき、見事に勝利を掴《つか》んだのだ！』……とかそんなんだった気がする。

って違うから!?　ヴィンセント王子に喧嘩《けんか》を売っちゃったのは偶然だから！　あと戦いのほうもわりとギリギリで、一撃でもさばき損なってたら普通に死んでたからッ！

「はぁ……どうしてこうなった……」

路地裏の壁に背中を預け、私は思わず溜《た》め息を吐《つ》いてしまった。

ちょっとくらいの注目だったら悪い気はしない。だけど連日どこに行っても好奇の目線を向けられるというのは、さすがにキツすぎる……！

正直、ほとぼりが冷めるまで宿に籠ってじっとしてたいところなんだけど……そういうわけにもいかないんだよなぁ。

「うぅ。冷静に考えてみたら、王族に喧嘩を売っちゃうのはやっぱりまずかったよねー……」

あの決闘により、私はさらに頑張ってお金を稼がないといけないことになっていた。

なにせ王子様をボコっちゃったのだ。こうなると貴族の最終手段である、『困った時の王家に相談』が使えなくなった可能性が非常に高い。

流行《はや》り病《やまい》で領地が大変なことになったり、大災害で作物が全滅しちゃったりした時に使う手だ。

まぁ支援を貰《もら》える代わりに『領主には土地を守る力がない』って思われちゃうから、あくまでも最終手段なんだけど……グレイシア領がどうしようもない状況になった時には遠慮なく使おうと、お父様と相談して決めていた。

……だけどなぁ、私、王子様を中途半端に半殺しにしちゃったからなぁ……いざという時に助けてもらえなくなっちゃったかも。

まぁ正式な決闘の結果だからあからさまに不当な扱いはしてこないだろうけど、さすがに鬼畜な国王陛下だって息子をボコった相手に対しては不快感を覚えるよね？　はぁ。

「う――――ん……どうしようかなぁ。注目されないようにしつつ、ガッポリお金を稼ぐ方法は……あっ」

ウンウンと考え込んだ末に、私はいいことを思いついた！

そうだ、遠征しよう！　ここより高位のモンスターが出るダンジョンに行ったり、ダンジョンから溢《あふ》れ出したモンスターどもに支配された土地の正常化に向かえば、街から離れつつお金が稼げるじゃん！

……前世ではほぼこの街のダンジョンでしか戦ってこなかったから、かなり不安なところもあるけど……こうなったらもうやるしかない！

さっさとお金を稼ぎまくって領地を安定させて、ちょっとだけお金持ちの家に嫁いで平和に生きていくんだ！

そんな決意を胸に、私はウォルフくんに会いに行った。私の頼れる冒険仲間は今頃どうしているのかなっと！

◆　◇　◆

埃《ほこり》とゴミにまみれた路地に、いくつもの打撃音と悲鳴が響き渡る。

「ぐがっ、ぎゃッ!?　ま、まいった、降参だ……もうやめてくれ……ッ!」

「はぁ、はぁ……!」

ヴィンセント王子とソフィアの決闘より一週間。黒髪の元王子・ウォルフは荒れ狂っていた。

今日もステラの街の郊外にある貧民街《スラム》の一角で、『獣人』であることを馬鹿にしてきた不良たちを殴り倒している始末だ。

そうして何人もの相手を地に転がすと、舌打ちをしながら立ち去っていく。

「くそっ……こんなんじゃぁ駄目だ。これじゃ、ソフィアのことを守れねぇ……!」

壁に拳を叩《たた》きつけながら、ウォルフは悔しげに呟《つぶや》く。

彼の心を乱しているのは、一人の少女の存在だった。

天使のような明るい笑みと、大人のような冷静さと思いやりを持った赤髪の少女……ソフィア・グレイシア。彼女が決闘の時に見せた強さが、ウォルフの心を焦らせていた。

「ソフィア……ソフィア……ッ」

まるで、ベッドの上で恋人に抱きつく男のように――あるいは母の名を呼ぶ迷子のような必死さで、ソフィアの名前を呟くウォルフ。

今や彼にとって、ソフィアの存在はとてつもなく大きなものになっていた。

出会った日より、彼女には好意を持っていた。

その勇敢さと知的さを併せ持った振る舞いはもちろん、何より『獣人』であることをまったく馬鹿にしないソフィアの態度は、ウォルフにとってとても心地いいものだった。

戦争で負け、多くの者が奴隷となった獣人族の立場は、決していいモノではない。

特に貴族など良家の者ほど差別傾向が強く、そんな者たちが集まる王城で幼少期から飼われていたウォルフは、二十歳になるまでの人生を悪意の中で過ごしてきた。

それゆえに、ソフィアの存在はとても新鮮だ。

貴族らしい見栄えの美しさと優雅さを持ち、それでいて庶民のような取っつきやすさを持った不思議な少女。

一度、「ソフィアって普通の令嬢らしくないよな！」と褒めたらなぜか落ち込まれてしまったことがあるので口には出さないようにしているが、ウォルフはそんなソフィアのことが大好きだった。

ああ、それゆえに――、

「……いつまでも世話になってばっかじゃ駄目だ。アイツのために、俺は強くならなきゃいけねぇ……！」

建物の隙間から覗《のぞ》く太陽を見上げながら、ウォルフは固く決意する。

今よりももっと腕を磨こう。勉強だってやってやろう。そもそも自分が文字すら読めず、ヴィンセント王子に舐められきっていなければ、今回の一件は起きなかったのかもしれないのだから。

全ては大好きな彼女のために――黒髪の元王子は強くなろうと胸に誓うのだった。

◆　◇　◆

――いやー、今日は見事に快晴だね！　旅立つにはいい日だ！

ステラの街を出てから半日。運搬帰りの荷馬車に乗せてもらった私とウォルフくんは、草原を見ながらお弁当を食べていた。

ってウォルフくん、そんなにがっつくと喉に詰まっちゃうよー？

「はぐっ！　はぐはぐはぐッ！　いやぁうめぇーなーコレッ！　ソフィア、お前令嬢なのにメシまで作れるのかよ!?」

「まぁね～。小さい頃はメイドさんを雇うお金もなかったからね」

「ああ、なるほど……それで代わりになんでもできるようになったってわけか」

納得したという顔でサンドイッチを一口で飲み込んじゃうウォルフくん。

い、いやいやいや、なんでもはできないからね？　ウォルフくんって妙に私のことを買い被《かぶ》ってるところがあるけど、こちとら前世はクソザコな根暗女だから！　あんまり期待されると死んじゃうから！

「あははっ、いろいろ必死で頑張ってきただけだよ。いざとなったらウォルフくんが助けてよねー？」

ていうかウォルフくん、前世じゃ一年で超凄腕《すごうで》冒険者になった才能で私にラクさせてください！

――という思いを笑顔に隠しながら言うと、なぜかウォルフくんは「っ、おう……任せとけ……ッ！」と、やたら真剣な顔で応えるのだった。ってそこまで気負わなくてもいいから!?

そんな彼の様子に首をかしげつつ、お腹も膨れたしお昼寝でもしようかな～と思っていた時だ。馬車を操っていた御者さんが私たちに告げる。

「お～いお二方。そろそろ村に着くっぺよ～」

おお、意外と早く来れちゃったね！

私は軽く伸びをして身体《からだ》をほぐすと――『ダンジョン』の出現により、これから滅ぶ予定の村を見つめた。

ダンジョンとは本来、人類を脅かす恐ろしい存在である。

出現理由はまったく不明。ある日いきなり山や地面に空洞ができ、そこからモンスターどもが無限に現れ続けるのだ。

近年では冒険者ギルドで管理して素材の生産場所みたいな扱いにしてるけど、そんなことができるのは早期に発見できた場合のみだ。

もしもダンジョンの出現に気付くのが遅れ、生み出され続けた大量のモンスターどもが一斉に野に放たれてしまった場合――周辺にある寒村などは、一瞬で荒らし尽くされてしまうだろう。
私とウォルフくんが辿《たど》り着いたこのガニメデ村も、そうした運命を迎える場所であった。

「――あぁ、冒険者様がた……よくぞ来てくださいました……！」

村に着いて早々、私たちは年老いた村長さんの家にまで呼び出された。

突然のことにウォルフくんは戸惑っているけど、私のほうは予想できている。酷《ひど》く憔悴《しょうすい》した様子の村長さんが、これから何を言い出すのかを。

「実は今朝がた、村の若者が『モンスターを見た』と報告しに来ましてな。これが見間違いだったらいいのですが……もしも本当だったら、村は……！」

っ、やっぱり！　ていうかタイミングピッタリだ！

前世の話だけど、ちょうど冒険者になってから一か月目くらいだったか。街から半日ほど離れたガニメデ村というところがモンスターの群れに襲われ、一夜のうちに滅んでしまったという知らせがギルドに入った。

生き残ったのは、半日前に村周辺の調査依頼をしに来ていた村長さんただ一人だ。彼は故郷が滅んだのを知ると、ショックで倒れ込んだまま亡くなってしまったらしい。

そこで、モンスターの群れの討伐と出現場所となっているダンジョンの位置を特定するために大量の冒険者が募集されることとなり、私も参戦することにしたんだけど――……痕《あと》が残るほどの大怪我《けが》を負って、稼ぐどころか治療のために借金を背負うことになっちゃったんだよねぇ。はぁ。

そんな最悪の思い出があるから、この件には関わらないようにしようと思ってたんだけど……、

「冒険者様がた、ワシはこれから街のギルドへ調査依頼をしに向かいます。どうかその間、用心棒として村に滞在していただけませんでしょうか？　ご覧の通り寒村ですので、ろくな謝礼もできませんが……」

「大丈夫ですよ。困っている人からお金を取るような真似《まね》はしません。村の平和は、どうか私たちにお任せください」

村長さんの頼みに、私は明るい偽スマイルで応えた。

……十中八九、今晩は大量のモンスターたちとの戦いになるだろう。かなり危険な仕事だ。ぶっちゃけ知らんぷりしてベッドで寝てたいところだ。

だけど、私とウォルフくんには一年以内に大量のお金を稼がなければいけない事情があった。そう考えたら今回の話は実に美味しい。

もしもモンスターの群れから村を守り抜き、さらに新ダンジョンの発見まで二人でやりきれたなら、冒険者ギルドのほうから多額の報奨金が入ることになるだろう。だったら多少の無茶くらいはやってやる！

……村の存亡を前にして、そんな薄汚いことを考えているのが私の本性である。

だから、その、村長さんにウォルフくん……！

「おぉ、ありがとうございます冒険者様ッ！　なんとお優しい人か！」

「ったく……相変わらずお人好《よ》しすぎるぜ、ソフィア！　いいさ、俺も付き合ってやるよ！」

ああもうっ、二人とも感謝とか尊敬の目で私を見ないでよ！　罪悪感でめっちゃ心がズキズキするからッ！

私、全然お人好しなんかじゃないんだからね――――ッ!?

◆
◇
◆

『す、すごい……まるで舞っているかのようだ……！』

――ガニメデ村の民衆たちは、今宵の出来事を死ぬまで忘れなかったという。

雑木林でモンスターらしき姿を見たという報告から数刻後。

不安に駆られている村人たちへと、村長は二人の冒険者を紹介した。

一人は黒髪の獣人、ウォルフという青年だ。

闘志に満ちた鋭利な瞳や、ボロボロのコートから覗く引き締まった肉体が、いかにも強者《つわもの》らしき雰囲気を滲《にじ》ませていた。

なるほど、彼が用心棒として一晩泊まってくれるというのならありがたい。実に頼り甲斐《がい》がありそうだと村人たちは頷《うなず》いた。

だがしかし――もう一人のほうは、一体どういうことだというのか……？

「はじめまして、ソフィア・グレイシアと申します。一晩のお付き合いとなりますが、どうかよろしくお願いします」

明るい笑みを浮かべながら礼儀正しく挨拶をする美少女に、村人たちは顔を赤らめながら戸惑ってしまった。

全員が思う。どこからどう見ても、冒険者ではなく『お姫様』じゃないかと。

艶やかな赤髪に、宝石のような青い瞳。さらには身に纏《まと》われた高級そうなドレスが、圧倒的な気品の光を放っていた。

特に、ろくに街にすら行ったこともない村人たちにとって、ソフィアの容姿は刺激が強すぎた。男たちは惚《ほう》けてしまったまま動かなくなり、女たちのほうも嫉妬を通り越して固まるしかなかった。

明らかに住む世界が違う人間だ。村人たちは一瞬、近くにダンジョンができたのかもしれない不安を忘れてしまった。

そんな衝撃の出会いから数刻。時刻が深夜を回った頃、村の周囲がざわざわとざわめき始めた。

ソフィアの指示で村の集会所に掻《か》き集められていた村人たちは、小窓から外の様子を見る。

ああ、そこには――村周辺を取り囲んだ、数十四のトロールたちの姿があった！

思わずヒッと悲鳴を漏らしてしまう村人たち。厚い筋肉と脂肪に覆われた大型のモンスターどもに包囲され、誰もが恐怖に身を震わせる。

……だがしかし、集会所の前に立った二人の冒険者だけは違っていた。

「全部集まってきたみたいだね。さぁ、いくよウォルフくん！」

「ああ、やってやろうぜソフィア！」

全身から闘志を滲ませ、彼らが同時に駆け出した瞬間——蹂躙劇《じゅうりんげき》が幕を開けた。

ウォルフが拳撃を放つたび、血しぶきを上げながらトロールたちの首が宙を舞っていく。

果たしてどれほどの威力なのだろうか……集会所の前にグチャリと落ちたトロールの頭には、脳に達するほどの拳の痕が刻み込まれていた。

さらに村人たちは、姫君のようだと思っていたソフィアの戦いぶりに驚愕《きょうがく》する。

ウォルフのような激しさはない。だが、四方八方からくる攻撃を的確に見切り、最小限の動きによる回避から最速でカウンターの斬撃を放ち、時には同士討ちにさえ持ち込んでいく戦いぶりは、熟練の戦士そのものだった。

まさに技巧の極致である。押し寄せてくるトロールどもをものともせず、ソフィアは二本の刃《やいば》に炎を宿し、流れるような剣さばきでモンスターどもを斬滅させていった。

「……き、綺麗《きれい》だ……」

「すごい……！」

村人たちの口から自然と言葉が溢れ出した。

完成された技術というのは、一種の美しさを放つのだと彼らは心で理解する。華やかにドレスを揺らしながら戦うソフィアの姿に、村人たちはいつの間にか魅入られていた。

かくして、戦いが始まってから数十分。

ウォルフの拳とソフィアの刃が同時に最後のトロールに放たれ、二人が勝利を手にした瞬間、村人たちは大歓声を上げたのだった。

第五話　安い女、ソフィアちゃん！

「——ありがとうございます、ウォルフ殿！　ソフィア殿ッ！　お二人のおかげで村は救われました！」

「お、おうッ！」

「いえいえ」

モンスターの群れとの大激闘から半日。私とウォルフくんは村人のみんなや街から戻ってきた村長さんから、盛大な感謝を受けていた。

多くの人に握手を求められ、わたわたと戸惑っているウォルフくんの姿が微笑《ほほえ》ましい。

……逆に私のほうは遠巻きに見られてばっかなんだよねー。まぁ剣をブンブン振り回す女なんてちょっと変だし仕方ないか。それにウォルフくんのほうが戦い方が派手だし、顔もカッコいいから当然かな～。

というわけでみなさん、どんどんウォルフくんを褒めてあげてください！　この子、こういう経験は初めてなので！

「っ、ソ、ソフィア！　わりぃが俺はトイレだ！　この場は任せるぜっ！」

「ふふっ、トイレの場所わかる？　お姉ちゃんがついていってあげようか？」

「って俺のほうが年上だオラァァァッ！」

　顔を真っ赤にしながら走り去ってしまうウォルフくん。どうやらチヤホヤされまくったことで、羞恥心が限界にきてしまったらしい。

　そんな彼の後ろ姿を微笑ましく見ていると、不意に村長さんが近づいてきて、懐から小銭袋を出してきた。

「本当にありがとうございました、ソフィア殿。アナタとウォルフ殿が通りかからなければ、村人たちは全員モンスターにやられていたことでしょう。……それで、その……やはり何もお礼ができないというのも申し訳ないと思い……お恥ずかしいことにこれだけしか出せないのですが、あの……」

　言葉を濁しながらお金を差し出してくる村長さん。皺《しわ》と土埃《つちぼこり》にまみれた彼の手は、恥じらいからか僅《わず》かに震えていた。


――そんな村長さんの手を、私はそっと両手で包む。


「っ、ソフィア殿……!?」

「ありがとうございます、村長さん。でもこのお金はどうか取っておいてください」

村長さんの手を握り締めながら、私はちらりと村の外を見る。

そこではステラの街からやってきた冒険者たちやギルドの職員さんたちが、昨夜のうちに見つけておいたダンジョンの内部探索に乗り出すために、チーム編成をしていた。激しい戦いの後だったけど、前世の記憶のおかげで場所はわかってたからね。大して苦労はしなかった。

「村長さん。これからはダンジョンの探索をしにやってくる冒険者たちのために、多くの宿泊施設や治療所などを用意しなければいけません。もちろんこの地の領主や冒険者ギルドが支援してくれるでしょうが、村の責任者はアナタです。何か起きた時に対処できるよう、お金は大切にしておきましょう」

「それは、たしかに……。で、ですが……何もしないというのも……！」

私の話に納得はしつつも、村長さんはどうにも落ち着かない様子だった。

……優しいおじいさんだと心から思う。前世では村が滅んでしまったショックからそのまま亡くなってしまった人だ。村人たちの命を救った私とウォルフくんに、どうしても謝礼を送りたいのだろう。

――お金が大好きで俗っぽい私とは大違いだなぁと申し訳なさを感じつつ、私はふわりと笑って村長さんに告げる。

「でしたらこうしましょう。これから村が発展してすごく大きな街になった時……もしも余裕ができたのなら、どうかその時にお礼してください。それなら私も気兼ねなく受け取れますから。ね？」

「っ……アナタという人は、まったく……っ！　……ええ、わかりました！　それならワシらも、全力で村を発展させてみましょう！　なぁ皆の衆⁉」

「「「おうッ！！！」」」

涙ぐむ村長さんの言葉に、周囲の村人さんたちも力強く応えた。

それからはもうお祭り騒ぎだ。テンションを上げた村長さんが「お二人のために祝宴を開くのだーッ！」と言い出し、村の広場に料理とお酒をいっぱい並べて、日が暮れるまで歌って飲んでのドンチャン騒ぎ。

最後のほうには探索から戻ってきた冒険者たちも加わって、華麗な剣舞や派手な魔法で大いに場を盛り上げてくれた。

ちなみにウォルフくんはチヤホヤされるのに耐えかねて何度か逃走しようとしたため、たくましい腕をギュ〜っと抱き締めたら大人しくなった。フフフ、これでも結構力が強いほうだからね！

いやー本当に楽しい宴《うたげ》だなー！　お料理も美味《おい》しいし村長さんのハラ踊りなんて爆笑しちゃったし、とっても楽しい時間を過ごせた。

……でも村のみんな、「命を懸けて私たちを守ってくれたというのに、何も求めないというのは無欲すぎます！　どうかこれを受け取ってくださいッ！」なんて尊敬のまなざしを向けながら、綺麗《きれい》な布や首飾りや指輪なんかを贈ってくるのはやめてよねッ⁉

だって私とウォルフくん……村を二人で守り抜いた上に新ダンジョンを発見したことで、冒険者ギルドからそれぞれ百万ゴールドも贈られちゃったんだからーッ！

めっっっっちゃ懐ホックホクだよー！　あー幸せ――――！　お金最高ーッ！　だからこれ以上貰《もら》っ

ちゃうのも悪いよ～！

「いえいえみなさん、お気持ちだけで十分です。こうして宴を開いてくれただけで、私すっごく幸せですから！」

「ソ、ソフィア様……ッ！」

きっとみんな酔っぱらってるんだろう。ガチ泣きしながら手まで合わせてくる村人たちの姿にちょっと罪悪感を感じつつも、私の心は懐と同じくホックホクなのだった！　ふへへへへへへへへ！

◆
◇
◆

ガニメデ村周辺でのダンジョン発見騒動。その解決と今後の対応に駆り出されたギルド職員たちの中に、レイジも混ざっていた。

彼は物陰から顔を覗《のぞ》かせ、村人たちと宴会をしているソフィアを見つめる。

「まったく……命を張って村を救ったたっていうのに、ギルドからの特別報酬だけで満足するなんて。ソフィア姫は相変わらずだなぁ……」

百万ゴールドはたしかに大金だが、命を懸けた報酬としては微妙なところだろう。何十体ものモンスターを相手にたった二人で戦い抜いたのだ……村人たちから個人的な謝礼や贈り物を受け取っても、がめついと感じるような者はいるまい。

だが、ソフィアはきっぱりとこれを断った。さらには断るだけでなく、村人たちの想いを汲《く》んで「村が大きくなった時、どうかその時にお礼をしてください」と約束したのだ。

大した子だとレイジは思う。ただ謝礼を拒んだだけでは、村人たちは釈然としなかっただろう。しかしソフィアの言葉を受けたことで、彼らは感謝の思いを労働意欲に換えて村の発展に精を出していくはずだ。

それが、ソフィアに感謝を伝える上での一番の近道になるのだから。

「村が大きくなるまで何年かかるかはわからない。実質、謝礼を断ったのと変わらないじゃないか。それなのになんの不満もなさそうに笑って……もっと強欲になってもいいんだぜ、ソフィア姫？」

宴会を楽しむソフィアを見ながら、ぼやくように言うレイジ。だが、その口元は笑っていた。

百万で命を張って追加報酬も断るような者など、損をしてでも人々の平和を願う聖女か、あるいは貧乏すぎてちょっとの大金でも心が満たされるようになってしまった可哀想《かわいそう》な子くらいだろう。むしろん前者だとレイジは信じている。

彼は懐から手帳を取り出すと、さらさらとペンを走らせていった。

「冒険者名、ソフィア・グレイシア。彼女の実力・および人格評価度をAランクからSランクに修正っと。……久々に見つけた有能な人材なんだ。お人好《よ》しなせいで損をした分、稼がせてあげないとね。上流階級者からの報酬のいい依頼が入ったら、今度あの子に割り振ってあげようかな」

手帳を胸にしまい込み、自身も宴会の場に向かって行くレイジ。

――彼がステラの街の冒険者ギルド支部における『サブマスター』であるという情報は、本人の意思により伏せられているのであった。

第六話　月下の誓いと、騒乱の幕開け

ガニメデ村を出てから一日。私とウォルフくんは湖の近くで夜営をしていた。

ドレスを脱いで薄着になり、柔らかな草の上に布を敷いて寝っ転がれば、空には満天の星の海が。

こういう開放的な景色は野宿だからこそ見られるものだろう。ちなみに私が初めて野宿したのは、三歳の時に野山に狩りに出て遭難した時だった。泣ける。

「ふふっ、星が綺麗《きれい》だねーウォルフくん」

「……」

隣で横になっているイヌ耳王子様に声をかけるが返事はない。どうやらすでに眠ってしまったらしい。

……まぁ彼ってば、初めてのキャンプで超はしゃいでたからね。

野を駆け回って野生動物を絶滅させる勢いで獲《と》りまくってきたり、貧乏令嬢特製の『食べられる生き物と野草を適当にブッ込んだシチュー』を口にして美味《おい》しさに目を輝かせたり、テンションが上がりすぎて特に意味もなく湖に飛び込んだり。

そんな感じでズボンや上着をビチャビチャにしてしまったアホ犬をちょっと叱ったのが数十分前のことだ。

まぁ叱ったというより小言を言っただけなのだが、彼は全裸で正座座りのままショボンと縮こまると、大人しく毛布にくるまって寝てしまった。

うーん、もしかして私なんかに怒られて拗《す》ねちゃったかな？

……私って本当なら、一年で凄腕《すごうで》冒険者に成り上がるウォルフくんの側《そば》には相応《ふさわ》しくない人間だしね。

今は彼とギリギリ同等くらいの実力を持ってるけど、そのパワーバランスだっていつまで続くかはわからない。

「はぁーぁ……」

私は彼から背を向け、少し溜《た》め息を吐《つ》いた。

ウォルフくんの成長スピードはものすごい。よほどお金を稼ぎまくって国王陛下から解放されたいのだろう。日々どんどん強くなっていくし、最近では自主的に勉強もしているらしく、ちょっとした単語なら読めるくらいになっていた。

きっと前世の彼もこんなふうにメキメキと成長していったんだろう。むしろ、私がいない分だけ早かったのかもしれない。そう思えるほどの才能をウォルフくんは持っていた。

「……仲間として、いつまでやっていけるのかなぁ……」

トラブルメーカーではあったけど、実力者として名を馳《は》せていたウォルフくん。そんな彼とは違い、私はなんの成果もなく終わってしまった底辺冒険者だった。

本来ならば住む世界が違う存在なのだ。いつかは実力差をつけられ、足手まといになってしまう日がくるだろう。

迷惑をかけるわけにはいかない。その時は、素直に彼に別れを告げよう。

夜空の下、私がそんなことを考えていた――その時。

「っ……ソフィアッ！」

「えっ、きゃっ⁉」

気付けば私は、後ろから裸のウォルフくんに抱き締められていた……！

薄着越しに伝わってくる男の人の熱い体温。たくましい筋肉に無理やり抱きすくめられる感触が、私の思考を乱していく……っ！

「ちょっ、ウォ、ウォルフくん⁉　は、放しっ……んんっ⁉」

私の声は、彼が首筋に甘く歯を立ててきたことで遮られてしまった。

そうして硬直している間にさらに強く腰を抱き締められ、完全に身動きが取れなくなっていく。

「あっ、くぅう……⁉」

敏感な首筋に食い込む歯の感覚と熱い息に、頭が茹《ゆだ》ってしまいそうになる。

以前ベッドに引きずり込まれた時は、じゃれつく子供のような感じだったのに……今は身体《からだ》をまさぐる手つきも、荒々しさも、完全に男の人のそれだった。

そんな彼の突然の変貌に、私が震えながら覚悟を決めた――その瞬間、

「ソフィア……俺のことを、捨てないでくれよ……っ！」

嗚咽《おえつ》に濡《ぬ》れた必死な声が、私の耳朶《じだ》を震わせた。

「……えっ、ウォルフくん……？」

気付けば彼は、私の首筋に顔を埋めたまま泣いていた。

私の胸や腰に手を這《は》わせ、力強く抱き締めたまま……弱々しく身体を震わせていた。

ちょ、ちょっと待って！　まさか彼……私の〝仲間として、いつまでやっていけるのかなぁ〟って独り言を聞いて、自分のほうが捨てられると思っちゃったの!?

私は無理やり後ろを振り向き、彼の両目と視線を合わせる。

「ねぇウォルフくん、さっきのは違うよ！　あれは、私のほうが力不足になるかもって思ったからで、」

「そんなわけがねぇだろッ！　お前はすごく経験豊富で、冒険者としてめちゃくちゃ頼りがいがあるじゃねぇか！」

ってそれは前世の経験があるからだって!?　いやまぁ、今だって死なないようにモンスターについて情報収集は欠かさないようにしてるけど……！

「それにソフィア……村で一緒に戦って、改めて思い知らされた。お前の戦い方はすっげー綺麗で、

剣技に無駄がなくて、モンスターどもの攻撃だって紙一重でさばいて……！　ただ暴れるしか能がない俺なんかじゃ、相棒として相応しくないのかもしれないって……！」

「ウォルフくん……」

違う……違うよウォルフくん……！　紙一重でさばいてるんじゃなくて、ただめちゃくちゃギリギリで回避してるだけだよッ！　小さい時から狩りをしてきたおかげで反射神経が鍛えられてきたけど、元々の才能が底辺なんだからね⁉

そして無駄なく相手を斬ってるのは、そうしないと死ぬからだよ！　ウォルフくんみたいにただのパンチ一発でモンスターの頭をぶっ飛ばせるほうがおかしいんだよ！

はぁ……もしかしてウォルフくん、私なんかのことを上だと思って思い悩んでたの？

「もう、馬鹿だなぁ……」

私は震えるウォルフくんの頭に手を回し、胸の中に抱き締める。

「っ、ソフィア……？」

「逆だよウォルフくん。……キミはすっごい才能を持ってて、いつかは国中に名を馳せるような冒険者になれる存在なんだよ？　私が保証してあげる。だからウォルフくん、一人で思い悩んだり、焦って無茶な真似《まね》だけはしないでね？」

「……わかったよ。ありがとうな、ソフィア。俺、絶対に強くなるから……誰にも負けない男になって、お前を一生守り抜くから……ッ！」

って、もうウォルフくんってば！　それ、完全にプロポーズのセリフだよっ⁉

……相変わらずその手の知識に乏しい様子の王子様に呆《あき》れつつ、私は不思議と微笑《ほほえ》んでしまうのだった。

◆　◇　◆

「はえ～……騒がしい街だなぁ……！」

「そうだねー……！」

野宿から一日。私とウォルフくんは、『レグルス』という大きな街に来ていた。

商業都市とも呼ばれていて、国中からたくさんの商人たちが名を上げるために集まってくる場所だ。

……私も初めて来たんだけど、あたりを見渡せば本当に店だらけ。路上の端にも露天商たちが所狭しと風呂敷を並べていて、大きな声で宣伝を行っていた。

「らっしゃいらっしゃーい！　そこのお嬢様、護身用ならもっとオシャレな剣を差したらどうでさぁー!?」

「護衛のお兄さん、ボロボロのコートなんて着てちゃぁカッコいい顔が台無しだよ！」

通りを歩けば口々にそんなことを言ってくる商人さんたち。

あははっ、私がお嬢様でウォルフくんが護衛だなんて面白いこと言うな～！

ウォルフくんは元王子様なんだから、世が世なら不敬罪になっちゃうって！　ウォルフくんも私みたいな貧乏令嬢の下っ端扱いされて、ちょっと変な気分になっちゃったよね？

「フフフ……そうか、この街の連中には俺がソフィアの護衛に見えるのか！　さすがは商人ども、いい目をしてるぜッ！」

……などと、なぜか満足げに頷《うなず》くウォルフくん。

っていやいやいやいやいやいや、いつか自由を取り戻したら獣人国の復興のために頑張らないといけない身なんだから、それじゃあ駄目でしょ!?

はぁ～……昨晩泣きつかれて改めて思ったけど、ウォルフくんって私のこと買い被りすぎでしょ
……！

私、ホントに大した存在じゃないからね？　いろいろ必死でやってるだけの元根暗女なんだから、過度な期待とかされたら緊張で死ぬからね!?

そんな思いを笑顔の裏に隠しながら、私はウォルフくんにお金の入った袋を手渡した（※私が彼のお金の管理をしているのだ！）。

「ほいウォルフくん、お小遣い。これで欲しい物を自由に買ってきていいよ？　二時間くらいしたらこの場所に集合しよ」

「おっ、なんだよソフィア。別行動か？」

「あはは、まぁねー」

……女性向けの服屋に下着を何枚か買い足しに行きたいんだけど、ウォルフくんを連れてったらな

んか店の中にまで入ってきちゃいそうだからねー。

顔はカッコいいけどガラは悪いから、外に立たせておくのも営業妨害になっちゃうしさ。

というわけで別行動だウォルフくん！　恨むならここ一月で謎の急成長をし始めた私の胸を恨むようにッ！

「あっ、わかったソフィア！　お前どんどん胸がおっきくなってるから、新しい下着を買いに行くんだな！　よく抱きついたり触ったりしてるからわかるぜッ！」

「………………あはは、ウォルフくんってばすごく勘がいいんだね～」

……人通りの多い路上で見事な名推理をかましてくれたアホ犬王子様。そんな彼の頭をポカリと叩《たた》き、私は別行動を開始した。

◆
◇
◆

さて、商業都市レグルスにやってきたのは下着を買うためだけではない。実はこの街にもお金が稼げるイベントが転がっているのだ。

前世の記憶を頼りに新ダンジョンを見つけ、百万ゴールドを稼げたことに私は味を占めた。

そこでかつてのことをよぉ～～～～～～く思い返してみたら、たしかこの時期、他の冒険者たちが酒場でこんな話をしているのを思い出した。

『商業都市レグルスの裏通りで、馬鹿な露天商が希少な魔晶石を百ゴールドで売ってやがった』――と。

魔晶石とはダンジョンの奥地で極稀《まれ》に取れる激レアアイテムである。

見た目は綺麗な石ころのような感じだが、身につけているだけで装備者の身体能力や魔力が上昇するという冒険者垂涎《すいぜん》の効果があるのだ。

それゆえ、効力の小さな小指の爪くらいのサイズの物でも、百万ゴールドは下らない価値を秘めていた。

というわけで私は、それを求めて人通りの少ない裏通りをテクテクと探索していた。

……まぁ正直、あんまり期待はしてないんだけどねー。大きな街だから見つけるのも大変だし、とっくに買われれちゃってる可能性だってあるもん。

一時間も探してそれらしい商人さんが見つからなかったら諦めよう。

そんなことを思いながら歩いていると――、

「ぐへへへヘッ……！　よぉガキ、優しい冒険者のお兄ちゃんに感謝するんだな～！　こんな綺麗なだけの石ころを、百ゴールドで買い取ってやるんだからよ～！」

「は、はいっ！　ありがとうございます！　おかげで小さな妹や弟たちに、パンの耳を食べさせてあげることができます！」

……ニヤニヤとした冒険者の男が、貧しそうな格好をした露天商の男の子にお金を投げ渡している最中だった！

って、超ドンピシャじゃ――――――んッ!?　ちょうど取引してるところじゃ――――んッ！

ま、待て待て待て待て待てぇッ！　その魔晶石は私のものだこの野郎ッ！！！

気付けば私は猛ダッシュで二人へと近づき、魔晶石に手を伸ばそうとしている男の腕を掴《つか》み、こう叫んでいた！

「待ちなさい、アナタなんかに魔晶石は渡せないわッ！」

「なっ……なんだテメェッ!?　てかおまっ、魔晶石って言っちゃあ……！」

あっ…………ああああああああああああああッ!?　しまったああああああああああああああああああああああああッ!?

ついつい勢いで、魔晶石って言っちゃったぁぁぁぁあああああああああッ!?

「えっ、あの、お姉さん!?　魔晶石ってたしか、百万はするっていう希少なアイテムのことですよね!?　この小石って魔晶石だったんですか……!?」などと戸惑う商人ボーイ。

って魔晶石の知識自体はあったんかーい……！　これも安く買い取るの不可能じゃん……！

「テメエ、オンナぁぁぁぁあああ……ッ！」

……うわー、冒険者の男の人めっちゃ睨《にら》んできてるよー!?　そりゃそうだよねッ！　そっちから見たら、お人好《よ》しの変な女が飛び込んできて美味しすぎる商談をぶっ壊しちゃった感じだもんねッ！

ああもう……こうなったら覚悟を決めるしかないッ！

私は冒険者を突き飛ばすと、露天商の子を守るように立ち、無駄に凛《りん》とした声でこう言い放った。

「無知な子供を騙《だま》そうとした薄汚い悪党め……アナタはここで消えなさいッ！」

『お前が言うな』という気持ちで心をいっぱいにしながら、私は剣を引き抜いた……！


三十秒後。


「——お、覚えてやがれぇぇぇぇぇぇぇッ！」

全身から致死量の血をビュルビュル噴きながら逃げていく冒険者。……って、ガラが悪いくせに弱いなぁ。復讐《ふくしゅう》されても面倒だし後を追ってもよかったけど、まぁあの出血量なら三分くらいで死ぬだろう。

そんな冒険者の後ろ姿を見ながら、私は静かに息を吐いた。

「ふぅ……ボク、大丈夫？　あの冒険者に何か騙し取られてない？」

「は、はい！　ありがとうございますっ！」

貧しそうな格好をした商人の男の子に声をかける。

うーん……まさか魔晶石を格安で売ってるっていう商人さんが、十歳になるかならないかくらいの男の子だったなんて思わなかったよ。

まぁこの年齢なら魔晶石を綺麗な小石と勘違いしちゃってもしょうがないかな。

「うぅ……本当に助かりました、お姉さん。ボク、とっても希少なモノを小石と間違えて売っちゃおうとしてたんですね……」

「そうだよ。ぱっと見じゃわからないと思うけど、魔晶石っていうのは表面からわずかに魔力の光が出てるの。商人を目指しているのならちゃんと勉強しておかないと駄目だよ？」

男の子の頭をクシャクシャと撫《な》でてやり、私は立ち去ることにする。

……うっかり商品の小石が希少品であるとゲロっちゃったし、そうでなくても、さすがにこの年齢の子供から物を騙し取るのは気が引けただろうしね。元々この子とは縁がなかったということだ。

そうして男の子から背を向けようとした時だった。

彼は私の手をギュっと掴むと、意を決した表情でこう訴えてきた。

「っ――だったらお姉さんッ！　ボクの魔晶石、百万ゴールドで買ってくれませんか⁉」

えっ……えええええええええええええッ⁉

いやそりゃ、ちょうど冒険者ギルドから貰《もら》ったばっかの百万ゴールドは持ってるし、身体能力や魔力を上げてくれる魔晶石は欲しいところだけど、でもいきなりそんな高い買い物は……っ！

突然のことに硬直する私に対し、男の子は涙を流しながらさらに追撃をかけてくる――！

「ボクが住んでいる養護院にはお金がなくて……血の繋《つな》がらないたくさんの妹や弟たちが、毎日空腹で苦しんでるんですッ！　どうかお姉さん、ボクの家族を助けてあげてくださいっ！」

って良心に訴えかけてくるのやめろぉおおおおッ⁉　貧しくて苦しい気持ちは死ぬほどわかるからッ！　わかっちゃうから！！！

ああああああああああああああああもうっ、しょうがないなぁあああああああああああっ！

「……わかったわ。それじゃあ小さな商人さん、その魔晶石を私に売ってくれるかしら？」

「あっ、ありがとうございますっ!!」

商談が成立するや、パアアアアッと花の咲いたような笑顔を見せる男の子。

……かくして私は見事に心の急所を突かれ、せっかく儲《もう》けた百万ゴールドを一瞬で使い果たすことになったのだった。

ど、どうしてこうなったあああああああッ!?

◆　◇　◆

「（あぁ、聖女様……ありがとうございます……ありがとうございます……！）」

住処《すみか》である養護院に向かって走りながら、ガラクタ売りの少年はソフィアに対して感謝の念を捧《ささ》げ続けた。

――彼にとって、この世は苦しみに満ち溢《あふ》れたものだった。

物心つく頃には親に捨てられ、残飯を漁《あさ》りながら必死で生き延びてきた。その後、人のいい老神父に拾われて運よく養護院に入ることができたものの、貧しい日々は変わらなかった。

幼い妹や弟たちのためにゴミ捨て場に潜り、金目になりそうな物を掻《か》き集める毎日。

そんな生活を続けていったことで、彼の心は壊れそうになっていた。

ああ、もう限界だ……スリや強盗でもしてやろうか。老神父は悲しむだろうが、害虫や野良猫に紛れてゴミを漁る日々はたくさんだ。

そんな思いが心に芽生え始めたある日——突如として目の前に、美しき赤髪の『聖女』が現れた……！

彼女は全てが美しかった。その容姿や立ち振る舞いだけではない。無知な自分から希少品を騙し取ろうとしていた冒険者をこらしめ、偶然拾った魔晶石を正当な額で引き取ってくれるような、素晴らしい人間性の持ち主だったのだ。

戦いぶりを見ていたから分かる。別れ際、ソフィア・グレイシアと名乗った彼女は、圧倒的な実力を持っていた。

その気になれば魔晶石を無理やり奪うこともできただろう。そうでなくても、「騙し取られそうなところを助けてやったんだから値引いてくれ」と恩に訴えることだってできたはずだ。

だが彼女は、そのどちらも行うことなく——美しい微笑を浮かべながら対等な相手として取引を行ってくれた……！

「はぁ、はぁ、聖女様……ソフィア様……っ！」

百万ゴールドの詰まった袋をギュッと握り締め、少年は涙を流しながら家に走る。

彼の胸は感動でいっぱいだった。薄汚い子供である自分を一人の『商人』として扱ってくれたソフィアの優しさに、歪《ゆが》みかけていた心が浄化されていく思いだった。

そうして彼がいくつかの通りを抜け、元気よく孤児院に戻ってきた時だ。

門前にて、皺《しわ》だらけの老神父が燕尾服《えんびふく》の男に何度も頭を下げていた。

「あぁ、多大なご支援ありがとうございます、ウェイバー殿……！　おかげで子供たちを食べさせていけます……！」

「いえ、どうか頭を上げてください。……私もかつては貧しさに苦しめられ、暴力の道に堕《お》ちた孤児でした。幼い子供たちに同じような思いはさせたくありません」

感情を感じさせない声でそう語りながら、眼鏡を指で持ち上げるウェイバーという男。

そんな彼を訝《いぶか》しげに見ていると、老神父が少年のほうに気付いた。

「おぉ、戻ったか！　実はこちらのウェイバー殿が、養護院に多大な寄付を……って、その袋は一体……？」

「あぁ、聞いてよ神父様！　ソフィアっていうすごく綺麗なお姉さんが、ボクのことを助けてくれてね！　それで、」

少年がそう語り始めた時だった。

――突如としてウェイバーは彼の前に瞬間移動を果たすと、少年の両肩をがっしりと掴み、切れ長の瞳で問い詰めてきたのだ。

「今、『ソフィア』という女性に助けてもらったと言いましたね……!?　その話、どうか私にも詳しくお聞かせ願いたい！　もちろんタダとは言いません。情報料も支払いますのでッ！」

「えっ、えええええええ……？」

そう言って懐から金貨を出してくるウェイバー。

眼鏡をギラリと光らせながら顔を近づけてくる執事を前に、ガラクタ売りの少年はしばし恐怖で固まるのだった。

第七話　絡まれ体質、ソフィアちゃん！

——商人の男の子から泣き落としを食らい、百万ゴールドの買い物をしてしまった夜。私とウォルフくんは商業都市の酒場で食事を取っていた。

「へへへっ、見ろよソフィア！　市場で変な猫の人形を買ってきたぜ！　ケツに指を突っ込むと『ニャ〜！』って鳴くんだよ！」

謎の猫人形を嬉《うれ》しそうに見せてくるウォルフくん。満面の笑みでお尻に指をズボズボさせてはニャーニャー鳴かせて楽しんでいた。うんごめん、ちょっとセンスがわからない！

はぁ……普段だったら「考えなしに買い物しちゃダメでしょー！」って言うところなんだけど、せっかく手に入れた大金を一瞬で溶かしちゃった私にウォルフくんを叱る権利はなかった。

ちなみにその件については秘密にしている。だって彼、私のことをめちゃくちゃ信頼してくれてるんだもん。

お金の管理だって任せてくれてるくらいだ。そんな相手に失望されたら、ちょっとショックで立ち直れなさそう……！

笑顔の下でそのようなことを考えている私に対し、ウォルフくんは猫人形のお尻に指を突っ込んだまま問いかけてくる。

「フフ、いい買い物をしちまったぜ。……んでソフィア、お前のほうは下着以外にも何か買ってきたのかよ？」

「えっ⁉　う、うーんまぁ、ちょっとね……！」

「ってなんだよソフィア、なんか言えないモノでも買ったのか？　まぁお前のことだから無駄遣いとかは絶対にしてないだろうけどよ！」

う、うわああああああああああウォルフくんの信頼が重すぎりゅぅうううううううううう！！？

いやたしかに無駄遣いはしてないよ！　冒険者として長くやっていくためには、身体能力や魔力を底上げしてくれる魔晶石は必須のアイテムだもん！　実際に手にした時からちょっとだけ身体が軽い感じがするし！

でもなー……私の目的はとにかく速攻で大金を貯《た》めて、さっさと危険な冒険者業をやめることなんだよなー……！

そう考えると百万ゴールドの大出費は痛すぎる……！　まぁさらにいっぱい稼ぐための先行投資と思えば、失敗でもないんだけどさー……。

はたして魔晶石を買っちゃったのは正解だったのかどうか。そんな答えの出ない問題に思い悩んでいた時だ。

――真横から何かが迫ってくる気配を感じた私は、咄嗟《とっさ》に手を出して『ソレ』を掴《つか》み取っていた。

……そして、掴んでからようやく私は気付いた。手の中に、鋭い矢が収まっていることに……！

って、ええええええええええええええええッ⁉　何これいきなりどういうことォオオオオッ⁉


「なっ、嘘《うそ》だろうッ⁉　あの女、飛んできた矢を見ずに掴みやがったッ⁉」

驚愕《きょうがく》の声が酒場の入り口のほうから響く。そこには弓を手にした包帯まみれの男が、困惑の表情で私を見ていた。

ってコイツ、昼間に戦った冒険者じゃんッ⁉　うわあっぶなー！　一瞬でも手を伸ばすのが遅れてたら殺されてたよ！　魔晶石買っといてマジでよかったー！

突然の凶行にざわつく店内。荒事の気配を感じ取ったお客たちが窓から逃げていくのを尻目に、私は立ち上がって冒険者を睨《にら》みつけた。ウォルフくんもいるし強気に行くぜ！

「はぁ……まさか生きてるなんて思わなかったわ。それで、見事に奇襲に失敗しちゃって、生き恥を晒《さら》してる気分はどうかしら？　死んだら？」

「なっ、なんだとオラァァアアアッ⁉　くそっ、ガキを騙《だま》すのを妨害した上に、人を容赦なく切り刻みやがって！　組織の仲間が助けてくれなかったら死んでるところだったぜッ！」

「組織……？」

気になる言葉に私が眉根をひそめた時だ。相席していたウォルフくんが我慢ならないといった表情で立ち上がり、男に対して吼《ほ》え叫んだ。

「テメェ、包帯野郎ッ！　組織だかなんだか知らねえが、俺のソフィアをよくも襲いやがったなッ!?　生きて帰れると思うなよッ！」

ちょっ、大声で『俺のソフィア』とか言わないでよウォルフくん!?　めちゃくちゃ恥ずかしいから！

もう……まあいいや。客はみんな逃げちゃったし、コイツを殺せば今の言葉を聞いた人間は一人もいなくなるしね。

私は剣を引き抜き、包帯まみれの男に剣先を向けた。

「ウォルフくんの言う通り、今度こそ死んでもらうわ」

「くっ……調子に乗るんじゃねえぞクソカップルがッ！　一人で来たと思ったら大間違いだぜ！」

男がそう叫んだ瞬間、奴の背後から薄汚い格好をした者たちが三十人以上も姿を現した――！

なるほど、援軍まで用意してきたか。私とウォルフくんを取り囲むように広がるそいつらだったけど……しかしどこか様子がおかしい。

「ひひっ、ひひひひひッ！　おまっ、お前らを殺せば、クスリがもらえる……ッ！」

「ギャハハハッ！　一緒に気持ちよくなろうぜェェエエ！」

涎《よだれ》を垂らしながら不気味に笑う男たち。目の焦点が定まっていないことから、明らかに正気を失っている様子だった。

彼らの異常な有り様に戸惑う私とウォルフくんに対し、包帯まみれの男が下卑た笑みを浮かべてくる。

「はははははっ！　コイツらをそこいらのチンピラと一緒にしたら大間違いだぜ！　とある違法薬物で理性も筋力のリミッターもぶっ壊れちまってるんだからよぉおおおッ！」

「なっ、違法薬物!?」

男の言葉に驚いた瞬間、取り囲んでいた連中の一人がウォルフくんに向かって飛びかかってきた！

「ギギャァアアアアアアアアッ！！！」

「っ、なんだテメェはオラァッ！」

咄嗟に正拳を放ち、そいつの腹をブチ抜くウォルフくん。だがしかし、薬物中毒者の男はまるで痛みなど感じていないといった様子で、腹に腕が突き刺さったままウォルフくんの首筋に噛《か》みついてきたッ！

「ウォルフくんッ!?」

「ぐああああああああッ!?　このっ、離れやがれぇぇえええッ!?」

無理やり引き剥がされ、勢いよく壁に叩《たた》きつけられる薬物中毒者の男。

その衝撃であちこちの骨が砕け、さらに拳が突き刺さっていた腹からは大量の血が流れ出しているというのに――そいつは白目を剥《む》きながらゆっくりと起き上がってきたのである……！

「これは……まさか……」

そんな悪夢のごとき光景を前に、私は前世の記憶を思い出した。

商業都市レグルスには、とあるモンスターが放つ幻覚作用のある毒から危険な薬物を作り出し、売りさばいている違法組織があると。

その薬を飲んだ者は一時の快楽と引き換えに、徐々に人間の心を失っていき……最終的には欲望を満たすためだけに暴れ回る怪物になってしまうという。

ちょうど、私たちを取り囲んでいる者たちがそうであるように……！

「グハハハハハッ！　ヤクの売人であるオレ様に手を出しちまったのが運の尽きだったなぁッ！　そぉら野郎ども、やっちまいなーッ！」

「っ!?」

包帯男が叫んだ瞬間、薬物中毒者たちが一斉に飛びかかってきた！

ものすごい勢いだ――！　薬物による作用なのか、踏み込む力が強すぎて床と足が砕け散っているほどにッ！

「グギギャァアアアァッ！　オンナァァア食わせろォオオオッ！！！」

涎を撒《ま》き散らしながら迫る、痛みや出血にまるで怯《ひる》まない化物ども。

そんな者たちが何十人もいるとあっては、一撃や二撃は必ず攻撃を食らうことになるかもしれない。

だが、ここで怯むのはもっと悪手だッ！　全力で生き足掻《あが》いてやる！

「ウォルフくん、いくよッ！」

「おう、こうなったらやってやらぁッ！」

迫りくる者たちを前に、私とウォルフくんが覚悟を決めた――その時。

「我が『聖女』に、手を出すな……！」


突如として響いた声と共に、周囲の薬物中毒者たちが一瞬にして凍りついた！

青白い冷気に酒場が包み込まれていく中、気付けば私の目の前には燕尾服《えんびふく》の男性が立っていた。

「あ……アナタはたしか、ウェイバーさん!?」

「ええ、アナタの執事のウェイバーです……ッ！」

そう言って彼は眼鏡を光らせ、私に対して深々とお辞儀をしてくるのだった。

……って、今の言葉はどういうことぉ!?　私、ウェイバーさんのことを雇った覚えなんてないんですけどぉッ!?

「あ、あの、ウェイバーさん？　アナタの執事って、どういう意味で……？」

「ああっ、申し訳ありませんソフィア嬢。あまりにもアナタが魅力的すぎて、うっかり国王陛下から鞍替《くらが》えしてしまいました」

「そんなうっかりってあるの……？」

王都のほうで流行《はや》っているギャグなのだろうか……？　ウェイバーさんの謎発言に呆然《ぼうぜん》としつつ、私はちらりと前を見る。

そこには、数十秒前まで私を殺す気満々だった包帯男が、顔面以外を氷漬けにされて立たされていた。

「な、なんなんだよお前は……突然現れて、こんな……！　チクショウッ、さむい……助けてくれぇ……ッ！」

涙を流しながら歯をガチガチと鳴らす包帯男。だがウェイバーさんはヤツのほうになど目もくれず、私に対して恭《うやうや》しく語り始める。

「さて、どうして私がここにいるのかお話ししましょうか。……実はかねてより、貧困層を相手として危険な薬物を売りさばいている違法組織を追っていましてね。連中のアジトがこの街にあると知り、余暇を利用してやってきたのです」

「余暇を利用して……？　国王陛下から与えられたお仕事じゃなくて？」

「ええ、まぁ……国王陛下は基本的に、面白そうなこと以外には無関心な方ですから。それに例の違法組織『冥王星《めいおうせい》』の連中は、税金も払えない貧民たちを中心に食い物としていますからね。諸侯たちも探索と討伐になかなか力を入れてくださらないのですよ」

そう言いながらウェイバーさんは、うんざりとした表情で溜《た》め息を吐《つ》いた。

なるほど……それでこの人は個人的に悪い奴らを追ってきたというわけか。いい人だ。

逆に国王陛下のほうはなぁ……うーん……勝手な理由で違法組織を野放しにしたり、ウォルフくんをペットにしたり、どうにも好きになれそうにない。ウェイバーさん曰《いわ》く私は陛下好みの面白い人物らしいけど、正直言って会いたくないよぉ……。

嫌な人に目をつけられちゃったなぁと思い悩む私に、ウェイバーさんは話を続ける。

「さて、『冥王星』の連中についてですが……どうやら奴ら、私が考えていた以上に勢力を拡大しているらしい。それに屈強な冒険者たちまで薬漬けにして取り込もうとしているようだ。この店に並んだ『氷像』たちがいい証拠でしょう」

そう言ってウェイバーさんは、凍らされた三十名近くの薬物中毒者たちと、最後に冒険者でもある包帯男を冷たく睨んだ。

「おい貴様、組織のアジトはどこにある？　さっさと言わねば凍死するぞ」

「ひぃッ!?　ア、アジトの場所は知らねぇよ！　だけど四番地の裏通りで売り物の受け渡しをやってる連中がいるから、そいつらに聞けばいいんじゃねぇか!?　……なぁ、助けてくれよォ……オレも違法組織の被害者なんだよッ！　実はギャンブルで借金しちまって、そんな時に組織の奴らが声をかけてきて……貧民どもや冒険者連中にクスリを売りさばけば、借金をチャラにしてくれるって言って……弱みにつけ込まれて……ッ！」

「そうかよかったな、続きは牢屋《ろうや》で語ってろ」

次の瞬間、肉を打つ音が酒場に響いた──！

ウェイバーさんの裏拳が炸裂《さくれつ》し、包帯男の顔面をグチャグチャに叩き潰したのだ。奴はめり込んだ鼻から大量の血を噴き、白目を剥いて動かなくなった。うわぁ、ウェイバーさんやっぱ怖いよぉ～

……！

「まったく……自業自得で積み上げた借金を理由に、同業者や弱き者を食い物にするなど言語道断。世の中にはソフィア嬢のように、強く美しく高潔で優しく清らかな女性もいるというのに……！」

「ってぃやいやいやいやいやいやウェイバーさんッ⁉　お世辞にしても褒めすぎだからッ⁉」

この人に何か好かれることしたっけ⁉　そう戸惑う私に対し、ウェイバーさんを片膝をついて礼を執ってくる。

「褒めすぎなどではございません。ソフィア嬢、勝手ながらアナタの経歴は調べさせていただきました。……幼き頃より貧しい領地の復興に励み、領民たちを明るく元気づけていたと聞く。それにガラクタ売りの少年が語っていましたよ？　そこの邪悪な冒険者から魔晶石が奪われそうになるのを防ぎ、正当な額で買い取ってくれたと」

って、えええええ⁉　なんでついさっき起きたことまで知ってるのッ⁉　こっわ！　この人ホントにこっっっわッ⁉

「あぁソフィア嬢ッ！　知恵もなければ力もない貧民の子供を、アナタは一人の『商人』として扱い、百万もの大金を手渡してみせた！　これは誰にもできるようなことではありません。所詮は野垂れ死んだところで誰も気にしないような孤児が相手なのです……力ずくで奪うのは容易ですし、そもそも正式な店で綺麗《きれい》に成形された魔晶石を購入するという手段もあったはずだ！　だというのにアナタは、なんとお優しきことか！」

って違うからー⁉　あの場の勢いで売りつけられちゃっただけだからッ⁉　優しいとかそういうのじゃなくて、元が根暗女なせいで押しにはホント弱いだけなんだからね⁉

だからめちゃくちゃ尊敬のまなざしで見られても困るってー……！

ウェイバーさんの過剰すぎる評価に私が戸惑っていた時だった。これまで黙り込んでいたウォルフくんが、低い声でウェイバーさんに言い放つ。

「なるほど……それでそこの包帯野郎は、ソフィアに襲いかかってきたってわけか……。おい執事、例の組織の討伐に俺も噛ませろ。ソフィアを殺そうとした倍返しとして、一匹残らずぶっ潰してやる……ッ！」

鋭い犬歯を剥き出しにしながら、怒りに身を震わせるウォルフくん。だがウェイバーさんはそんな彼を一瞥《いちべつ》し、

「必要ありません。ソフィア嬢ならばともかく、お前のような雑魚《ざこ》がついてきたところで足手まといになるだけです」

「なにぃッ!?」

って、ウェイバーさん何言ってるのぉおお!?　ウォルフくん、未来の凄腕《すごうで》冒険者なんだよ!?　ちょっと知恵が足りなくて無理して一年で死んじゃったみたいだけど、五年も底辺だった私よりめっちゃ才能ある存在なんだよッ!?

「ではソフィア嬢、私はこれにて。明日の朝には組織を壊滅させておきますので」

「おい待てや執事ぃッ!?　俺も行くって言ってんだろうが！」

最後に私に一礼し、夜の闇へと消えていくウェイバーさんと、彼を追っていくウォルフくん。

こうして、あちこちが凍りついた酒場に私一人が取り残されることになったのだった。

「はぁ……二人ともどうかしてるよ。まぁ貧民を食い物にしてるのは許せないし、私のために戦おうとしてくれてるウォルフくんの気持ちは嬉しいけど、ヤバい組織に喧嘩《けんか》を売りに行くなんて危険すぎ

るって。常識人の私からしたら考えられないよ……」

そう言って溜め息を吐いた時だ。私はふと思った。

……いや、ねぇ、ちょっと待って？　違法組織の売人や子飼いの中毒者たちをやっつけちゃったってことは、もしかしたら報復とかあるよね!?　組織のメンツを守るために刺客とか送り込まれてくる感じじゃないッ!?

そう考えたら私ヤバくない!?　めっちゃ強いウェイバーさんやすごい勢いで成長中のウォルフくんに比べたら、私いっぱいいっぱいの雑魚なんだよぉぉぉおおッ!?

そのことに気付いた私は、急いで店を飛び出した！

「ちょっと待って二人とも、私も協力するから！　三人の力で街の平和を取り戻そうッ！」

そんな心にもないことを言いながら、私は二人を追っていった……！

◆
◇
◆

「アジトの場所を吐きなさいッ！」

「アジトの場所を吐けやオラァッ！」

ドカッ！　バキッ！　グチャッ！　と、夜の街に無数の打撃音と悪人たちの絶叫が響き続ける。

違法組織『冥王星』のボスはかなり狡猾《こうかつ》な人物らしい。アジトの場所がバレないように、運び手を何人も用意して薬物の流通ルートを複雑化させているそうだ。

そんな組織の手口に対し、ウェイバーさんとウォルフくんの取った手段は至ってシンプルだった。

薬物の売人や組織からの刺客を片っ端から半殺しにして、アジトへの道のりを吐かせていったのだ……！

うーん、なんという力ずくな探索法……！　もうほとんどの路地裏が血まみれ状態だし、なんだかどっちが街を荒らしてるのかわからなくなってきたよ……！

そうして暴力に明け暮れること数時間、夜明けも近づいてきた時だ。

百人以上の人間をボコグチャにしたことで、ようやく私たちは『冥王星』のアジトがあるという場所に辿《たど》り着いた。

「ウェイバーさん……ここって……」

「ええ……墓場、ですね」

予想外の場所に行きついたことに、私たちは戸惑ってしまう。

薬物で荒稼ぎしてる組織のアジトだ。てっきりそれなりに立派な屋敷にでも住んでいるのかと思いきや、まさか街外れの墓場とは。

しかもほとんど誰も来ていないのか、墓石はどれも汚れてたり欠けてたりするし、夜明け前の薄暗さと合わさってかなり不気味だ。

うーん、本当にここで合ってるわけ……？

もしかしたらガセ情報を掴まされたのでは――私とウェイバーさんがそう訝《いぶか》しんだ時だった。ウォルフくんが鼻を何度かスンスンと鳴らすや、一つの墓石の前まで行って、それを思いっきり蹴飛ばしたのだ！

って、ウォルフくん何やってるのぉおおお⁉

「なっ、おい狂犬ッ⁉　一体なにを……！」

突然の暴挙に声を上げるウェイバーさん。しかしウォルフくんはそれに応えず、墓があった地面を何度か足で払う。すると、

「……見ろよお前ら。ここからわずかに人の臭いがすると思ったら大当たりだ。これ、隠し扉ってやつじゃないのか？」

ウォルフくんが土を払った場所には、取っ手のついた鉄の扉が埋まり込んでいた……！

そっか、例の組織の連中はここから出入りしてたんだ！　お手柄だよウォルフくん！　ソフィアお姉ちゃんママは嬉しいよ！

ねぇ見たウェイバーさん⁉　やっぱりこの子、私なんかがいなくても天才なんですよ！　やればできる子なんですよ――！

「狂犬……お前……」

「狂犬じゃねぇよクソ執事。……俺のことはソフィアの番犬、ウォルフ様と呼べ！　いつまでも考えなしの野良犬扱いすんじゃねぇッ！」

「っ、黙れ！　だったら私のことはソフィア嬢の執事、ウェイバーと呼べ！　少し手柄を上げたくら

いで調子に乗るな！」

あ、あれぇ……せっかく敵のアジトを見つけたのに、なぜか睨み合いを始めてしまうウォルフくんとウェイバーさん。

ていうか勝手に人のところに就職するのやめてくれるかなぁ!? 私、お給料なんて払えないからっ！

「ハッ、何がソフィアの執事だ！ 一度だって抱き締めたこともないくせによぉ！」

「なっ、だ、抱きッ!? ウォルフ、お前――――――ッッッ!? それは一体どういうことだぁぁぁあああああああ!?」

……ウェイバーさんの怒号が夜の墓場に響き渡る。

こうしていよいよ取っ組み合いまで始めてしまう二人に対し、私は大きく溜め息を吐いた。

◆ ◇ ◆

「なっ、なんだコイツら!? バケモノだぁぁぁぁあああッ！！！」

――貧民層へと違法薬物を流し続ける暗黒組織『冥王星』。

そこに所属する戦闘員の一人は、わずか三名ばかりの襲撃者たちに対してそう泣き叫んだ。

迎撃の準備は完全だったはずなのだ。

冷酷そうな執事と狂暴そうな獣人、さらにはなぜか気品に溢《あふ》れたお嬢様が『冥王星』の関係者を襲い続けているとの知らせを受け、アジト内部には多数の戦闘員が集結させられていた。

さぁ、来るのならばかかってこい。

アジトの入り口付近は土魔法使いの土壌操作により足跡一つ残っていないはずだが、万が一見つかる可能性もある。その時は実力行使で排除するのみだ。

そうして待ち構えること小一時間……アジトへと続く隠し扉が開かれた！

戦闘員たちは一斉に武器を構え、愚かな襲撃者どもを八つ裂きにしようとしたのだが――しかし！

「見ていろウォルフ、ソフィア嬢の執事の力を！　――大地よ、空気よ、凍りつけッ！　『アイシクルバースト』！」

男の声が響いた瞬間、超極寒の暴風がアジト内部へと吹き荒れたッ！

壁や床を瞬時に凍りつかせるほどの強力な一撃だ。判断力のある魔法使いは咄嗟に炎や雷を出して抵抗できたものの、それ以外の者は成す術《すべ》もなく氷像にされ、二百人近くいた戦闘員部隊は一瞬にして半壊状態に陥ってしまった。

ああ……そこに奴らは駆け込んできた……！　凍りついた床をものともせず、〝王〟のいるアジトの最奥に向かって猛スピードで疾走していく。

もちろん誰もが止めようとしたが、無駄だった。

「ほう、思っていたより多くの者が生き残っているようですね。……ならば、殴り倒すのみだッ！」

燕尾服を着た男の戦い方は、まるで一切の容赦がなかった。

流麗でありながら凶悪至極。フェイントの交えられた滑るような動きに、モンスターではなく人間を破壊することに特化した鋭利すぎる拳法は、明らかに裏社会の〝賭け試合〟などで用いられるものだ。

さらに強いのは彼だけではない。

「出しゃばんなクソ執事！　ソフィアにいいところを見せるのはこの俺だッ！」

ボロを纏《まと》った獣人族の男によって、『冥王星』の者たちは蹂躙《じゅうりん》されていく。

その戦い方はめちゃくちゃだ。壁や天井を跳ね回りながら超高速で接近してくるため、捉えることは非常に困難。さらにはどんな体勢からも一撃必殺級の蹴りや拳を放ってくるため、厄介なことこの上なかった。

「なっ、なんなんだコイツらはぁ!?」

「これ以上先に行かせるかぁッ！　死んでもここで食い止めるぞぉ！」

――機械のような殺戮《さつりく》技術を持った執事と、猛獣のような身体能力を持った獣人族の男。

その二人を前に誰もが絶叫し、やがて一つの判断を下した。

〝こうなったら、せめて一人でも確実に殺そう〟と。

ならば狙うのは後方を走るドレスの少女だ。

男たちからソフィアと呼び慕われているらしいこのお嬢様。何やら唇をギュッと引き締めているが、自分から闇の組織に特攻しておいて恐怖しているということはないだろう。あれは〝絶対に悪党どもを滅ぼしてやる〟という決意の表情だと戦闘員たちは受け取った。

大人びて見えるが、せいぜい十代も半ばくらいの少女だ。コイツならば絶対に殺せるはず。そうすれば男二人も動揺を見せ、一瞬の隙ができるかもしれない——そう期待した戦闘員たちは、一斉にソフィアへと飛びかかった。

剣で、槍《やり》で、斧《おの》で、魔法弾で、確実に抹殺するために四方八方から攻撃を放つ！

だが、しかし……！

「——危ないなぁ、もう」

次の瞬間、戦闘員たちは驚愕した。全方位から繰り出された多重攻撃は、彼女の双剣によって完全にいなされていたのだ……！

全ては刹那の出来事だった。ソフィアは最も速く突き出された槍を右の剣で弾《はじ》き、振り下ろされてきた刃《やいば》に当てることで攻撃を相殺。さらには左の剣で振るわれてきた斧の柄《え》を斬り、宙を舞わせることで魔法弾に当て、軌道をわずかにずらしてみせたのだ……！

そうして稼いだ一瞬の時間のうちに、足元から激流を噴出して高速移動。

気付いた時にはソフィアは包囲の外におり、残りの戦闘員たちは攻撃を空ぶって、仲間に当ててしまっている始末だった……！

「はっ……はぁぁぁあああああッ⁉　い、一体何が起きたんだッ⁉　なんだこの女はぁぁああッ⁉」

意味不明の神業を前に、戦闘員たちは混乱状態に陥った……！

反射神経や空間把握能力に優れているレベルではない。今の回避行動を行うには、いくつもの死闘を乗り越えた戦士だけが身につけられるという超感覚――『死への感知』が必要になるはずだ。

それを十代も半ばの少女が覚えているという異常事態に、誰もが唾を飲み込んだ。


ああ……駄目だ、こんなバケモノに敵《かな》うわけがない……！


そう恐怖する戦闘員たちへと、執事と獣人族の男が襲いかかってくる。

「貴様ら、よくも我が聖女をッ！」

「俺のソフィアに手ぇ出すんじゃねぇッ！」

激昂《げっこう》したことで男たちの猛攻はさらに激しくなり、戦闘員らは紙くずのように散っていった。

宙へと飛ばされながら、彼らは薄れゆく意識の中で思う。

「もう、ウォルフくんにウェイバーさん。あんまり私から離れないでよね……何かあったらどうするの……」

圧倒的に強い男たちに対し、小さな声で〝何かあったらどうするの〟と、二人を心配する言葉を投げかけるソフィアという少女。

彼女こそ男たちの主君であり、違法組織『冥王星』の襲撃を指揮する首謀者であると、戦闘員らは確信する……！

「ソフィ、ア……美しくも恐るべき……正義の断罪者……ッ！」

殺人執事と猛獣を従えた、悪を許さぬ光の聖女。

そんな存在に目をつけられてしまったことに恐怖と絶望を感じながら、戦闘員らは意識を手離していったのだった。

◆
◇
◆

「(あ～死ぬかと思った～～～～……)」

ブチ切れながら無双するウォルフくんとウェイバーさんを見ながら、私は小さく溜め息を吐いた。

まったくもう……二人が先走りすぎるせいで、マジで殺されかけたんだからね⁉

森のワンワン(※狼《おおかみ》)たちとバトルして鍛えた反射神経と直感のおかげで生き延びられたけど、私ってば一番の雑魚なんだから、何かあったらどうするの！

はぁ……死ぬのだけは本当に嫌だ。もうあの時の痛くて熱くて魂が砕け散るような感覚だけは味わいたくない。

だからちょっとした家柄の人とテキトーに結婚して平和な人生を送りたいと思っていたのに、どうして私……違法組織のアジトを襲撃してるんだろう……！

ああああああああっ！　人生思い通りに行かないのにも限度があるって！　もう私の心は限界

だよー！

「(よし決めた……！　この戦いが終わったら、組織の金を奪い取って今度こそ幸せな生活を送ろう……！)」

危ないことに関わるのはこれで最後だ！　そうと決めたら頑張れ私っ！　大金を奪って家に帰って引きこもるのだッ！　疲れた心を癒すために三か月くらいは親のすねをかじってやるッ！　ガブガブしてやるぅ！

……そんな正義のせの字もない野望を胸に、私は生き残ってる悪党どもへと突撃していったのだった。

第八話　狂乱の冥王

「やっと着いた……ここがアジトの最奥みたいだね」

刺客たちを倒しつつ、長い通路を走り抜けること数分。私たち三人は巨大な扉の前にまで辿《たど》り着いた。

あまり見たことがないデザインの扉だ。赤く燃え盛る鳥のような、異国風の紋様が彫り込まれている。

うーん……怪しい露店で見たことがある気がするけど、いったいどこの国のモノだったっけ……？

私がそんなことを考えていた、その時。

「――どうした貴公ら。さっさと入ってくればよかろう」

気だるげに響いた声と共に、ギィィィィィィイイイという音を立て、扉がひとりでに開かれた！

咄嗟《とっさ》に身構える私たち。果たしてその向こうには、血のような緋《ひ》色に染め上げられた荘厳な大部屋が存在していた……！

「ようこそだ、勇者たちよ。我《われ》こそが『冥王星《めいおうせい》』の首領・ハオである」

そう言い放ったのは、黄金の座椅子に腰かけた異国風の衣装の男だった。

腰まで伸びたボサボサの銀髪に、ぼんやりと煙管《キセル》を吹かした姿からはどうにも覇気を感じられない。

だがしかし――その紫色の瞳と視線が合った瞬間、背筋にゾクリと悪寒が走る。

「っ……アナタ、普通じゃない……いったいなんなの……？」

「ほう。我の魅力に一目で気付くとは、なかなか良い目を持った娘だ！　褒美に妻にしてやろうか？」

そう言ってケタケタと笑うハオという男。

顔つきだけならかなり整っているほうだが、私はまったくときめかなかった。……まるで人間の皮を被《かぶ》った何かが蠢《うごめ》いているかのようだ。

緊張する私の横で、ウェイバーさんが〝まさか〟という表情で問いただす。

「光沢のある布地に、幅広の長い袖の衣装……それにその名はたしか……今はなき『シンラン公国』の王子の名では……？」

「――」

ウェイバーさんがそう言った瞬間、ハオの気配がガラリと変わった。

これまでの気だるげな雰囲気が霧散し、一切の感情が抜け落ちた無表情となる。

「……いかにも、我こそが公国の世継ぎ……ハオ・シンランその者である。もっとも今では、土地も財産もこの王国によって食い尽くされてしまったがね……！」

徐々に熱を帯びていく声色。気付けば彼の纏《まと》う空気は、憎悪一色に染め上がっていた。

たしかシンラン公国とは、山岳地帯を隔てて東の端に存在していた小規模国家の名前だったはずだ。国民たちはとても気高く、この王国に何度も併合を求められたが良しとしなかった。

しかし二十年ほど前、今の国王陛下が王位に就いた瞬間に侵略を宣言。一晩のうちにシンラン公国は滅び、生き残った住民たちは流浪の民になってしまったという。

ハオは震える手で煙管をへし折り、ゆっくりと立ち上がってこう告げる。

「思い出しただけでもハラワタが煮えくり返りそうになるよ……！　戦争に負け、全てを失ったあの日より、我はこの国の王に復讐《ふくしゅう》することだけを考えて生きてきた。そのために造った組織がこの『冥王星』だ。魔物の幻惑毒から調合した中毒性薬物『邪仙丹《じゃせんたん》』をばら撒《ま》き、民草の心を腐らせるためにねぇ……！」

「……なるほど、そういうわけでしたか。それでアナタはろくに金のない貧民層に対し、タダ同然の値で薬物を売ってきたわけだ。アナタの目的は最初から、稼ぐことではなく中毒者を量産することなのだから。やれやれ……同じ亡国の王子でも、どこぞの変な犬とは知性の差を感じますねぇ……」

「ンだとオラァッ!?」

唐突に毒づいたウェイバーさんに対し、背後で吼《ほ》えるウォルフくん。

そんな彼をウェイバーさんは鼻で笑うと、表情を引き締めてハオへと告げる。

「王に復讐するために、まずは民から苦しめる……ですか。なるほど、アナタは非常に賢い人だ。復讐者としては一流ですよ。――ですが、人間としては落第点もいいところだ。少なくともそこのウォルフ王子は、一度たりとも国王以外の者に復讐心を向けることはなかったぞ……！」

「っ、ウェイバー……お前……」

「ウェイバーさん……！」

意外な発言に驚いてしまった。ウォルフくんのことを小馬鹿にしていたウェイバーさんの口から、彼のことを認めるような言葉が飛び出したのだ。

うぅ……ウォルフくん頑張って成長してるもんね……！　ウェイバーさんもそのことをわかってくれたんだね！

そんな、まるで母親のような思いが込み上げてきて、私がちょっぴり涙ぐみそうになった時だ。

パチリパチリと白々しく拍手をしながら、ハオ・シンランは私たちに嘲笑を向けてきた。

「いやはや、仲が良くて素晴らしいことだ。思わず泣きそうになってしまったよ。……だがねぇ、我はそこの腑抜《ふぬ》けた犬っころとは違う。この王国の人間ども全てを、苦しめたくて苦しめたくて仕方がないんだよッ！　ゆえに――こんなモノを作ってみた……！」

ハオが指を鳴らした瞬間、彼の背後にある壁が音を立てて砕け散った！

部屋中に舞う大量の土煙……その向こうより、私たちの前へと『人型のナニカ』が姿を現す――！

「アァ、ぁ……コロシ、て……コロ、シ……ギギャァギャァアアアアアアアアアッ！」

「なっ……!?」

……突如として現れた数十体の者たちに対し、私たち三人は本能的に戦慄した。

だってソレらは……獅子《しし》の首や牛の頭、それにコウモリの翼に馬の下半身などを持った、『元人間』の群れだったのだから……!

「アハハハハハハハッ! どうだ見たか、醜いだろう!? 恐ろしいだろうッ!? これこそが我の開発した人造モンスターども、『キマイラ』の軍勢よォォォオオオオッ!」

驚愕《きょうがく》する私たちに対し、哄笑を上げるハオ・シンラン。

動物の一部を植えつけられた元人間たち――人造モンスター『キマイラ』の群れを背景に、復讐の王子ハオは高らかに語る。

「コイツらは元薬物中毒者どもでねぇ。クスリに溺れて狂暴になり、周囲にさんざん迷惑をかけてきたクズどもだったため、改造するために拉致しても誰も心配しなかったさっ! そうして多くのクズどもを実験台に、我はキマイラどもを生み出してみせた! この王国を滅ぼすために造り上げたバケモノの軍勢だ! あぁ、本来ならばあと数年は隠しておく予定だったが、ここまで踏み込まれてしまったのならば仕方がない。少し早いがお披露目といこうじゃないか……!」

そう言って狂ったように笑うハオ・シンラン。それと同時に左右の壁が崩れ、何百体ものキマイラどもが姿を現してきた……!

そんな絶望的な現実を前に、私は心から思った。

――もう、なんでもいいから帰りたいと！！！

どどどどどどどど、どうしてこうなったぁぁぁあああああああッ⁉　普通に平和な生活をしたかっただけなのに、どうしてこんな頭のおかしいヤバい奴と敵対しちゃってるわけ⁉　予定だったら今頃はちょっとしたお金持ちの下級貴族や商家の男性とお見合いしてるはずだったのに、現実はコレだよッ！　目の前にいるのは違法組織のボスだよチクショウッ！！！

あー……もうやだ。ついさっきまではウェイバーさんとウォルフくんがいるしなんとかなるだろうと思ってたけど、これ正直言ってヤバすぎるよぉ……！

「はぁ……」

私ってばどんだけ憐《あわ》れで不幸なんだろう……！

心から自分のことをそう思い、ついつい溜《た》め息を吐《つ》いてしまった時だった。

これまで元気に笑っていたハオが、急に視線を鋭くして私を睨《にら》んできたのだ――！

「っ、小娘……たしか部下からの報告では、ソフィアと呼ばれているのだったねぇ……！　ああ、なんだね今の溜め息は？　お前ほどの少女ならば恐怖に震えるべき状況だというのに、どうして憐れむような表情をしている……ッ⁉」

ひっ、ひぇえええええええええええッ⁉　なんか絡んできたんですけどぉおおおおッ⁉　なんかヴィンセント王子の時にもこんなことなかったっけぇ⁉

えっ、ていうかもしかしてこの人、自分が憐れまれてるとでも思っちゃった⁉

いやいやいやいやいや違うからッ！　この場で一番不幸なのは、国を失って頭おかしくなったアンタよりもそんなアンタの復讐に巻き込まれそうになってる私だってば!!　うぬぼれんなタコッ！　もうもうもう！　いろいろと病んでるからって勝手に逆恨みしてこないでよぉ!?　国王のことが嫌いならさっさと殺しにいけばいいじゃん！　ぶっちゃけ私は自分さえ困らなかったら正直なんでもいいから！

はぁーもう……こんな危ない奴に恨まれるなんて冗談じゃないよぉおおお……。

内心泣きそうになりながら、急いで誤解を解こうとする私。だがしかし、それよりも先にハオのほうが口を開いた。

「クククク ッ……ソフィアよ。どうせお前は我のことを醜く歪《ゆが》んだ心の持ち主だとでも思っているんだろうが、人間なんてみんな同じだ。心の奥底には薄汚い闇を抱えている。お前もキレイなツラをしておいて、内心ではこう思っているのではないかぁ？　〝組織の金を強奪してやろう〟、〝自分さえ困らなかったら正直なんでもいい〟、だとかなぁ!?」

「っ――」

あっ……当たりだぁぁあああああああああッ!?

えっ、何この人エスパーなの!?　そうだよその通りだよそう思ってるよ！

なーんだ……危ない人かと思ってたら割と話がわかるじゃん。さすがは元王子様。人間なんて欲深いのが普通だもんねー。

「なぁ、そうなんだろうソフィアよッ！　正直に告白すれば大金を持たせて無事に帰してやるぞォ!?」

そう言ってくる彼に、思わず私が全力で頷《うなず》いてしまいそうになった時だ。

狂笑を浮かべた奴の顔面へと、二つの拳が叩《たた》き込まれた――ッ！

「ぐがぁあああああああああああああッ!?」

ってハオ王子――!?

絶叫を上げて吹き飛んでいくハオ。背後にいたキマイラどもまで巻き込みながら、奴は何度も地面を跳ねながら血を撒き散らしていった。

そんなハオに対し、いつの間にか私の前に立っていたウェイバーさんとウォルフくんが言い放つ。

「ソフィア嬢が内心では、〝組織の金を強奪してやろうと思っている〟、ですって？　――侮辱するのも大概にしろよ貴様ッ！　清廉潔白な彼女が、汚い手段で儲《もう》けた金に興味を示すわけがない！」

っていやいやいやいやウェイバーさん――!?

私、めちゃくちゃ違法組織のお金に興味津々なんですけど!?　タダでこんな危ないところに潜るかチクショウッ！　絶対に持ち帰ってやるつもりだったんですけどぉぉおおおッ!?

そう戸惑っている私をよそに、さらにウォルフくんが追撃をかます――！

「〝自分さえ困らなかったら正直なんでもいい〟だぁ!?　テメェにソフィアの何がわかるッ！　コイツは昔から領民たちの生活を豊かにするために、身を粉にして働いてきた女だぞッ！　コイツの名誉を傷つけんな！」

ってウォルフくん違うから――!?

私がせっせと働いてきたのは、ぶっちゃけると婚活のためだからッ！　貧しすぎる領地の女なんてドン引きされると思って、それで少しでも出身地を良くしようと思ってただけだからッ！　全然名誉なんかじゃないからッ！

ああああああ、私ホントは薄汚い女ですから……！　だからそんなに信頼しないでよぉ……！

「ふ、二人とも……！」

二人からのプレッシャーのせいで、思わず涙目になってしまう……！

そんな私を背に、彼らはビシっと言い放つ。

「彼女の心は！」

「俺たちが守るッ！」

って、傷つけてんのはアンタたちだからッッッ!?　もう重すぎる信頼のせいで私の心はバッキバキだよ――――！！！

仲間からの信頼という重圧に、私（※強奪志望）の心が折れそうになっていた時だった。

――バキリ、グチャリという音を全身から立て、倒れ込んでいたハオが起き上がってきたのだ……！

殴られたことで首がへし折れ、壊れた人形のように頭が傾いている状態だというのに……復讐の王子は、笑みを浮かべてこう言い放つ。

「クッ……ククク……！　いやぁ、すごい勢いの拳だったねぇ。人間をやめていなければ死んでいるところだったよ……ッ！」

「なっ――!?」

次の瞬間、奴の身体《からだ》に異変が起こった！

折れていたはずの首が一瞬で治り、さらには背中から八本もの触手まで生えてきたのだ！

ひっ、ひえええええええええええッ!?　この人マジで人間やめてるじゃん!?

えっ、もしかして自分まで『キマイラ』化しちゃったの!?　どんだけ国王陛下のことぶっ殺したいわけぇぇええええ!?

おっ、おえええええ……見た目グロいし、なんかもう怖すぎて吐きそうなんですけど……ッ！

そうして私が胃の中のものを抑えようと、必死に堪《こら》える表情をした時だ。

ハオの奴はまーた私を睨みつけてきやがった！

「っ……またしてもなんだその顔は!?　なぜそこで恐怖するのではなく、痛ましいようなモノを見る表情をするッ!?　あぁ……我はこの国の王と国民たちを怯《おび》えさせたくて、こんな『化け物』にまでなったというのに……ソフィアよ！　どうしてお前は臆さないのだッ!?　まさか我に対して同情でもしているつもりなのか！」

って、いやいやいやいやいやめっっっっちゃ恐怖してますけどッ!?　さっきからずっとドン引きなんですけどぉ!?　なんだコイツさっきからもうッ！

お願いだから絡んでこないでよー……と心の中で願う私をよそに、ハオは銀色の髪をグシャグシャと掻《か》き毟《むし》ると、憎しみの表情でこう言い放った。

「……人間とは生まれた国が違うだけで、どこまでも相手に残酷になれるものだ。それがこんな化け物のような姿になった者ならばなおさらのこと。そんな相手を慮《おもんぱか》れる聖者など、いるわけがない……！　ゆえにソフィアよ――こうなったら意地でもお前を怒り狂わせ、偽善者の仮面を剥がしてくれるわぁぁぁあああ！」

彼がそう叫ぶのと同時に、アジトの天井が大爆発を巻き起こしたッ！

「っ、ソフィアッ！」

「ソフィア嬢！」

大量に降り注いでくる瓦礫《がれき》を弾《はじ》いてくれるウォルフくんとウェイバーさん。

しかし、そんな二人にのんきにお礼を言えるような状況ではなかった。

なんと部屋中にいた何百体ものキマイラたちが、雄叫《おたけ》びを上げながら穴の向こうへと跳んでいったのだ――！

かくして次の瞬間……天井より覗《のぞ》いた夜の街から、人々の絶叫が響き渡った――！

「なっ……ハオ、アナタなんてことをッ!?」

「フハハハハハハッ！　さぁさぁどうする勇者たちよッ!?　このままでは街中の人間どもが死ぬことになるぞォ!?」

「テメエーッ！」

高らかに笑うハオに向かって、飛びかかろうとするウォルフくん。

だがしかし、そんな彼の肩をウェイバーさんが強く引き止めた。

「っ……なんだよウェイバー⁉　どういうつもりだッ！」

「落ち着きなさい、ウォルフ。……アナタとソフィア嬢はキマイラどもの討伐に向かってください。一刻も早く全滅させて、住民たちを救うのです。そして私は――」

そう言ってウェイバーさんは、ハオのことを睨みつける。

「貴様……よくも各地の貧民たちを苦しめてくれたものだな。殺してやるぞ、『復讐の王子』よ……！」

「ククッ、いけないねぇウェイバーくん。今は執事なのだから敬語を使えよ。あぁ……お前こそよくも各地の手下どもを全滅させてくれたな。殺してやるぞ、『貧民街《スラム》の王子』め……！」

二人が視線をぶつけ合った瞬間、部屋中に蒼《あお》き魔力と紫の魔力が迸《ほとばし》った。

彼らを中心として床が凍りついていき、さらには電流が発生して空気がバチバチと音を立てていく。

「さぁソフィア嬢、そしてついでにウォルフッ！　街の人々は頼みましたよッ！」

「うん、ウェイバーさんも頑張って……！」

「けっ、俺はついでかよ！　……あとでそのツラぶん殴ってやるから、死ぬんじゃねーぞ⁉」

ハオと対峙《たいじ》するウェイバーさんを背に、私とウォルフくんはアジトの外へと飛び出していった――！

◆　◇　◆

「──グガギャァアアアアアアァッッ！！！」

「ひぃいいっ!? な、なんだコイツらぁああっ!?」

夜の街中にいくつもの絶叫が響き渡る……！

商業都市レグルスは、一瞬にして地獄と化した。

突如として地下から現れた何百体もの魔物ども。それらは民家や通行人を見境もなく襲撃し、瞬く間に人々を食い殺していった。

事態はそれだけにとどまらない。襲ってきた魔物たちを迎撃しようとした炎魔法使いが、誤って家屋に炎弾を当ててしまったのだ。

夜闇の中での突然の襲撃である。そのような事態がいくつも起き、街のあちこちで火災が発生。人々の混乱はさらに加速することとなった。

「にっ、逃げろぉおおお！ 街の外に逃げるんだッ！」

「油屋に着火しやがったッ!? 駄目だ、こっちの道は火の海だぞッ！」

「なんで街の中に魔物がいるんだよぉおおおッ!?」

炎の中を必死で走り抜ける人々。たくさんの商店が建ち並んだこの都市は、まさに燃焼物の宝庫だった。多くの者が炎に巻かれて逃げ場を失い、そのまま焼死。あるいは魔物に食い殺されて絶叫を上げながら死んでいく。

もちろん火災と魔物たちの脅威は、貧民街のほうにも及んでいた。

「グガァアアアッ！！！」

「ひっ……助けて……助けてぇ……！」

赤く染まりゆく街の一角で……魔物どもに包囲されたガラクタ売りの少年が、幼い子供たちや老神父を庇《かば》いながらそう呟《つぶや》いた。

それは、商業都市に住まう何万人もの願いでもあった。

誰もが必死に求め続ける。この惨劇を止めてくれるような、物語の英雄のごとき存在を。

魔を滅ぼし、災禍を絶ち、自分たちを導いてくれるような救世主の登場を――！

「お願いだから……誰か助けてぇえええええええッッッ！」

ついに魔物たちが飛びかからんとする中、ガラクタ売りの少年が泣き叫んだ――その時！


「――もう大丈夫よ。私が来たわ」

優しく響いた声と共に、紅《あか》き一閃《いっせん》が魔物たちを斬り裂いた――ッ！


大量の鮮血が舞う中、少年は目を見開いて前を見る。

そこには、昼間に自分を救ってくれた美しく清らかな『聖女』が立っていた。

「ソ、ソフィア……様……!?」

「よく頑張ったわね、後は私に任せておきなさい」

そう言って、剣を両手に駆け出していくソフィア。

ああ……それからの光景は、ガラクタ売りの少年や彼に庇われた孤児たちにとって、一生魂に焼きつくものとなった。

まるで本当に物語でも見ているかのようだ。

灼熱《しゃくねつ》の双剣が振るわれるたびに、恐るべき魔物たちが次々と滅ぼされていく。

どんなに鋭くて速い攻撃もソフィアには届かない。純白のドレスをはためかせながら舞うように戦い、周囲の魔物たちを瞬く間に全滅させてしまうのだった。

そうして彼女は全ての敵を滅ぼすや、凛《りん》とした声で詠唱を紡ぎ、両手の剣に新たな魔法の力を宿す。

「清らかなる水よ、我が手に宿りて災禍を祓《はら》え――『アクア・エンチャント』！」

次の瞬間、紅く燃えていた左右の刃は蒼き水に包まれた。

ソフィアがそれらを一閃させるや、冷たい飛沫《しぶき》があたり一帯に撒き散らされ、火災を鎮めていったのである……！

「――戦えなくてもいい。逃げ出してもいい。でも、絶望することだけは絶対に駄目よ！　どうか最後まで諦めず、自分にできることを探し続けなさいッ！」

そう言い残し、別の火災区画へと駆け出していくソフィア。

気付けばガラクタ売りの少年は、そんな彼女の背中を涙を流しながら見つめていた。

「あぁ……来てくれた……助けてくれた……！　もう、ダメかと思ってたのに……っ！」

こんな絶望的な状況の中でも、彼女は諦めずに戦い続けているのだ。その事実が、そして先ほどの言葉が、少年をはじめとした子供たちの心に火を灯《とも》した。

「っ……そうだ、ボクたちだって立ちすくんでちゃダメだ！　ねえ、みんなで力を合わせてこの街を守ろうよ！　戦うことはできなくても、消火の手伝いくらいならできるはずだ！　神父様、いいよね!?」

「あぁ……ああ、もちろんだとも！　あんな少女が戦ってるというのに、ワシらだけ怯えすくんでいて堪《たま》るかッ！　つーかワシも魔物どもをブチ殺しに行くぞッ！　こう見ても昔はゴロツキのトップだったからのぉ！！！　ちょっと手下どもを集めてくるわ！」

「ええええええっ!?」

ちっぽけな意地と勇気を胸に、街を駆ける貧民たち。

そのような光景が、ソフィアの駆け抜けた跡地でいくつも見受けられることになった。

「あの少女に続けーッ！　オレたちもやってやるぞーッ！」

「オラア武器のバーゲンセールじゃぁッ！　戦えるヤツは全員もってけーッ！」

「水魔法が使える奴は消火に向かえーッ！」

混乱から目覚め、次々と立ち上がっていく商業都市の者たち。

ソフィアの戦う姿と言葉に、誰もが勇気を与えられていった！

「さぁみんな、絶望なんかに負けないでッ！　私たち人間の力を見せてやりましょうッ！」

「「「うぉぉおおおおおおおッ！！！」」」

貧民や商人という垣根を越えて、『聖女』の下に集結していく戦士たち。

その数は徐々に膨れ上がり続け、ついには魔物たちの数十倍にまで達したのだった——！

◆
◇
◆

「さぁみんな、絶望なんかに負けないでッ！　私たち人間の力を見せてやりましょうッ！　（うえーん！　お願いだからみんな戦ってええええええええええ！！！）」

キリッとした顔でカッコいいことを言いながら、私は心の中で泣きそうになっていた！

だってもう疲れたんだもんッ！　魔力も体力も限界なんだもんッ！

昼間に殺し合いして、夜には違法組織に乗り込んで、深夜には街中走り回ってバトルと消火活動ってなんじゃそりゃ！！？

もうヤダよ！　ぶっちゃけ寝たいよコンチクショウッ！

……でも見捨てるわけにはいかないから、こうなったらみんな巻き込んで数の暴力で解決してやるううううう！

「聞いたことがある人もいるはずよ。今この街は、『冥王星』と呼ばれる違法組織からの襲撃を受けているわ！　この横暴が許せるッ⁉　この惨劇が許容できるッ！！？」

「「「いいや許せないッ！　許せるわけがないッ！！！」」」

「ならば人々よ、怒りを胸に戦いなさいッ！　正義の刃を握り締め、このソフィア・グレイシアの下に集うがいいわッ！」

「「「おおおぉぉぉぉぉおおおおお────ッ！！！」」」

そうそう、その調子で熱くなってみんな！

そんで私の代わりに戦ってください！　百ゴールドあげるからぁぁぁぁぁ！！

そんなセリフとは真逆の情けないことを考えながら、私は街中を駆け回ったのだった……！

◆
◇
◆

「死ねぇぇぇぇハオォォオオッ！！！」

「お前がくたばれぇぇえええッ！！！」

絶対零度を纏った拳と高圧電流の蹴りがぶつかり合い、空中で大爆発が巻き起こる。

──ウェイバーとハオの決戦は熾烈《しれつ》を極めていた。

二人の激闘によって地下のアジトは完全に崩壊。その後、魔法の噴射によって空へと舞い上がった彼らは、殺意のままに命を削り合っていた。

「これ以上ッ、罪なき人々を傷つけるなぁッ！　──『アイシクル・ランス』、最大射出ッ！」

怒りを燃やしながら吼え叫ぶウェイバー。彼の周囲に三百本もの氷の槍が出現し、ハオに向かって一気に迫る！

──だがしかし、それでやられるハオではなかった。

「罪なき人々ぉ？　いいや違うなぁウェイバーくんッ！　この王国に生まれた時点で、我にとっては罪人なんだよぉおおッ！　──『荷電粒子砲』、最大射出ッ！！！」

憎悪を燃やしながら両手を構えるハオ・シンラン。彼は膨大な魔力を圧縮させると、空を焼き尽くすほどの紫電の光線として解き放った──！

それは迫りくる氷槍《ひょうそう》を全て滅ぼし、ウェイバーの身体を一瞬にして飲み込んでしまった！

「ぐぉおおおおおおおおおおおおッッッ！！？」

「ハハハハハハハハハハハハハハハハハハッ！　死ね死ね死ね死ね死ね死ね死ね死ねぇえええッ！　今はなきシンラン公国に捧げる花となれぇえええええッ！！！」

哄笑を上げながらハオは勝利を確信する。

やがて荷電粒子砲に飲み込まれたウェイバーの人影が崩れ去ったことで、〝ようやく目障りな害虫が消えたか〟と気を緩めた──その時！

「──そこだぁぁあああッ！」

「なぁっ!?」

頭上より現れたウェイバーが、冷気を纏った拳をハオの顔面へとブチ込んだのである！

それによってハオは頭部を凍りつかせながら叩き落とされ、その先にあった屋敷の屋根へと墜落したのだった。

「ぐがはッ!?　っ……お、お前は……死んだはずじゃ……！」

「フン……攻撃に飲み込まれる直前、氷像を作り出して変わり身としたのだ。……まぁもっとも、無傷とはいかなかったがな……おかげで燕尾服《えんびふく》がボロボロだ」

そう言って割れた眼鏡を押し上げるウェイバー。彼もまた、身体のあちこちに火傷《やけど》を負っていた。

本当に直撃する寸前での脱出だったのだ。だがそのおかげでハオを出し抜けたのである。

ウェイバーもまた屋根の上に降り立つと、顔を起点として身体中を凍りつかせたハオに言い放つ。

「氷結の魔力を叩き込んだ……数秒後には脳や内臓まで凍りつくだろう。さぁ、これで終わりだハオ・シンランッ！」

「くっ……ククク……ッ！　誰が、終わりだってぇえええええッ!?」

次の瞬間、ウェイバーは戦慄する……！

ハオの胸から両腕が生えてくると、一気に身体を左右に引き裂き、そこから『全裸のハオ』が姿を現したのである！

彼は脱皮《だっぴ》を果たすことで、内臓が凍りつくのを免れたのだった……！

「っ……ハオ、貴様……そこまで人間をやめていたのか……！」

「ははは っ、言っただろう？　我は復讐のためにバケモノになったのだと！　さて、それでは戦いの続きを……」

ハオがそう言いかけた時だった。絶叫と悲鳴ばかりが響いていた市街地のほうから、たくさんの勇ましき声が上がったのだ。

そちらに視線を向けると、そこには多くの民衆たちを率いて戦う少女――ソフィア・グレイシアの姿があった。

堂々と人々を導く彼女の様に、ハオは苦々しく表情を歪める。

「チィ……いちいち気に障《さわ》る女だッ！　混乱状態に陥った民衆どもがどれだけ死ぬか楽しみにしていたのに、あれでは台無しではないか……ッ！　クソッ……どうしてあんな少女が、こんなゴミのような国に生まれてしまったのか……！」

追い詰められた状況でこそ人は本性を現す。

今や街中には魔物が蔓延《はびこ》り、さらには火の手が上がっている状態である。

普段は強がっておきながら一目散に逃げる臆病者や、抱えきれないほどの財産を持って逃げ遅れる強欲者もいるだろう。中にはどさくさに紛れ、日頃から気に入らなかった相手を殺してしまう者もいるかもしれない。

誰がどんなに無様で悪質な行動を取っても、おかしくはない状況である。

そんな中で……ソフィアという少女は、戸惑う人々を取り纏めて戦うことを選んだのだった。

ハオは表情を歪めながらも、神妙な目つきで彼女を見る。

「……ただ闇雲に戦うだけなら、実力さえあればまぁできるだろう。それで救える数などたかが知れているがね。だがしかし……怯えている者たちを勇気づけ、〝全員で戦う〟というのは……誰にでもできることではない」

単純な力量やカリスマ性以上に、人々の力を信じる『真なる正義の心』がなくては、その行動は選べないだろう。

高い知恵を持つ元王子として、ハオはソフィアの本質を理解する。

「……認めてやるよ、ウェイバーくん。彼女はそこらの偽善者とは違う。まさに『聖女』と呼ぶに相応しき人物だとも。もしも我が憎悪に狂う前に、彼女のような者と出会えていたら……もしかしたら違った未来があったのかもしれないねぇ……」

「っ、ハオ……それがわかっているのなら、もう悪事など……！」

「――だがしかしッ！　我はすでに多くの者を犠牲とし、復讐を始めてしまったのだよォッ！　ならばもはや止まれるものかぁぁぁあああああああああああッ！！！」

そう叫びながら手のひらに雷の魔力を掻き集めるハオ・シンラン。

咄嗟に身構えるウェイバーだったが、ハオは彼のほうにではなく、ソフィアのほうに腕を向けたのである――！

「なっ、貴様ーッ!?」

「ふはははははははッ！　消え去れ聖女よッ！　穢《けが》れを知らない無垢《むく》なる少女よッ！　この王国に生まれてしまった以上、お前も我の敵だぁぁあああああああッ！！！」

夜空に響く復讐の咆哮《ほうこう》。
かくしてハオは、憎しみのままに紫電の閃光を炸裂《さくれつ》させた——！

第九話　激闘の果てに！

「ソフィアー！　そっちは大丈夫か!?」

「あっ、ウォルフくん！」

　街のみんなと一緒に大半の魔物を倒し終えた時だ。二手に分かれていたウォルフくんが手を振りながら駆けてきた。

　よかった、どうやらあちらも目立った怪我《けが》はないらしい。

「うん、私のほうは大丈夫だよ。みんなにも力を貸してもらって一段落終えたところ」

「み、みんなにも力を貸してもらってって……ははっ、やっぱすげーなぁお前……！　こっちなんて『俺が全員助けてやらなきゃ』って思いながら必死に動き回ってばっかで、そんな発想まるでなかったぜ……」

　ってぐはぁあああッ!?　ご、ごめんなさいッ！　『もう疲れていろいろ限界だからみんなトラブルに巻き込んで速攻解決しちゃえ！』とかいう最低すぎること考えててごめんなさいッ!?

ウォルフくんに比べて私はどんだけ汚れてるんだろうとショックを受けたところに、さらに彼は追撃をかけてくる——！

「いや、ガサツな俺じゃぁ思いついてもパニック状態の奴らをまとめ上げることなんてできねぇよ。きっとお前の優しくて強い心に惹《ひ》かれて、みんな集まってきたんだろうな……！」

げふ————ッ⁉　い、いやいやいやいやいやいやいやッ⁉

元根暗女の私の心に、優しさや強さなんてこれっっっぽっちもないからッ！　ただ必死にそれっぽい演技しながら、他力本願しまくってただけだからッ！

だからウォルフくん、いかにも『俺ももっと成長して、絶対にお前に相応《ふさわ》しい男になってやるぜ……！』って感じの尊敬と熱さが入り混じった目で私を見ないでよぉおおお……ッ！

はぁ～どうしてこうなった……！

相変わらず私への好感度が高すぎるウォルフくんに対し、内心頭を抱えていた時だ。——ドチャリ、という音を立てて、私たちの前に焼け焦げたナニカが飛来してきた。

「ぐ……ぅう……ッ！」

「なっ——⁉」

それはよく見ると人の形をしていて、砕け散った眼鏡をかけていて……って、もしかしてウェイバーさんッ⁉

「ウエ、ウェイバーさん⁉　大丈夫ッ⁉」

「おい執事、生きてるかッ⁉」

「っ…………ソフィ、ア…………嬢…………ウォルフ……」

咄嗟《とっさ》に抱き起こして名前を呼ぶと、弱々しい声で返事が返ってきた……！

「ウェイバーさん、無理して喋《しゃべ》らないで！　今すぐに治療をっ、」

「私のことは……構わないでください。それよりも、ヤツ……を……！」

そう言って、火傷《やけど》だらけの手で夜空を指差すウェイバーさん。

そこには、背中から八本の触手を生やした『復讐《ふくしゅう》の王子』ハオ・シンランが浮かび上がっていた
……！

「フハハハハッ、やるねぇウェイバーくん！　我《われ》が魔法を放とうとした寸前、前に飛び出して盾となったか。よき従者を持ったものだなぁソフィアよ。彼はお前を守るために命を投げ出したのだから
……！」

「っ……ハオ・シンラン……！」

邪悪に輝く紫色の瞳と視線を合わせながら、私は思う。

――どうしよう、と！！！

あのすごい魔法使いで体術も半端なかったウェイバーさんが負けたのだ！

しかもハオのほうはといえば、傷一つ負っていない様子だった……！

てかなんであの人、ほとんど全裸になってるわけ？　下半身に破れた衣服を巻いてるくらいで、下から見るといろいろおっぴろげなんですけど……！

「ウェイバーさん、一体アイツに何が……」

「気をつけてください……ヤツは最上級の雷魔法が使える上、脱皮します……！」

「脱皮ッ⁉」

うぇぇえええぇえええ……どんだけ人間やめてんのよぉ……！

そういえばウェイバーさんとウォルフくんに殴られて折れた首もすぐに再生してたし、半端な攻撃はまったく通らないと思ったほうが良さそうだ。

それに加えて、前世から頑張り続けても中級魔法がやっとの私より、上位の魔法の使い手となれば……ダメだ。勝てる要素がまったくない……！

よし決めた――ここは、どうにかして戦闘を回避しよう！

冷静な戦力分析の末、私がそう決意した時だった。

ここでまさかの奇跡が起こる――！

「おやおやおやおやおやぁ？　どうしたぁソフィアよ、黙り込んでしまって！　……ウェイバーくんをズタボロにされて、もはや怒りで言葉もないといった様子かね⁉　クククッ！　その思いに応えて戦ってあげてもいいのだが……実を言うと、我も魔力をかなり消費していてねぇ。ここは逃げてやったほうが嫌がらせになりそうだ……ッ！」

そう言ってニヤニヤと笑うハオ・シンラン。

えっ……逃げてくれるの⁉　や……やったぁあああああああああああああああ！！！

助かったぁあああ！！！

前世と合わせて初めて幸運なことが起きたぁぁあああああああッ！！？　うぉおおおッ、あとはカラになったアジトを漁《あさ》ってお金を持ち逃げするだけやんけー！！！

いやね、仲間をボコられたんだからたしかに怒りもあるよ？　できることならぶっ殺してやりたいよ？

でも無理じゃんッ！　そんなことしたら私が死ぬじゃん!?　……だからここはハオくんに気持ちよく逃げてもらいましょ〜〜！

なんか知らないけど、アイツは私のことがめちゃくちゃ気に入らないみたいだからね。

嫌がらせしたくてしょうがないって感じだから、ソフィアお姉ちゃんが合わせてあげますかぁ〜！

私は悔しそうな表情を作ると、ハオに向かって吼《ほ》え叫ぶ。

「ま、待ちなさいハオッ！　ウェイバーさんや街をこんな状態にしておいて、逃げるというのッ!?

そんなことは私が許さないわッ！」

「クハハハハハハッ！　あぁそそるねぇその表情ッ！　悔しいかぁソフィアよッ!?　我が憎いかぁ!?

もっといい声で鳴いてみろォッ！」

よっしゃ任せろォオオオオオオオオッ！！！

ここで私は新しい魔法の使い方を思いついた！　幼少期から鍛え上げた魔法コントロール能力を使い、目からポロポロと水魔法を放ってウソ泣きをかます！

「許さない……絶対に許さないわ、ハオ・シンランッ！　たくさんの人々を傷つけたその罪、必ず私が裁いてみせるッ！　どれだけ遠くに逃げたとしても、必ずアナタを見つけ出すわッ！」

「ああいいともッ！　どこまでもどこまでも我を追いかけ、捕まえてみるがいいッ！　そして我を裁いてみせよッ！　その時を楽しみにしているぞ、聖女ソフィアよォオオオッ！！！」

そう叫びながら浮かび上がっていくハオ。

――って、追いかけるわけねーだろバァァァァカッ！！！　普通に王国騎士団に捕まえてもらって裁判官に裁いてもらうわアホーッ！

まぁ何はともあれ……やったぁあああああああああッ！！！　私、生き残ったッ！　人間やめたヤバいヤツと戦わずに済んだよぉおおおおッ！！！　わーい！

いや～～不幸続きだった私にもようやく幸運が巡ってきたみたいだねー！

っておっと、まだ街のみんなとかが見てるし演技を続けないと！

「待って……待ちなさい、ハオ……ッ！」

涙（っぽい液体）を流しながら、飛び去ろうとするハオに手を伸ばし続ける……！


すると、その時――。


「俺のソフィアを……泣かせんなオラァアアアアアアアアアアアッッッ！！！」

ブォオオオオオオオッ！　という轟音《ごうおん》を立て、ハオに向かって『家』が射出されたのである――ッ！

それはハオに思いっきり当たって彼を撃墜……私たちの目の前へと見事に叩《たた》き落としたのだった。

って……えええええええええええええええええッ!?　せっかく逃げてくれそうだったのに

どういうことなのぉおお⁉　てか何が起きたわけぇッ⁉

戦慄しながら隣を見ると、そこにはあちこちの血管が破れて血を噴いているウォルフくんが、フーフーと息を吐きながらハオを睨《にら》みつけていた……！

もっ……もしかしてこの子、家を持ち上げて投げつけたのッ⁉　えっ、こっっっわッ⁉　どういう筋力してるわけ⁉　無理しすぎて全身の血管破れてるよぉおおおッ⁉

「うっ、うぅう……腑《ふ》抜《ぬ》けた犬が……よくも我を……ッ！」

さすがに家の投擲《とうてき》は効いたのだろう……フラフラと起き上がってくるハオに対し、ウォルフくんは激情のままに吼え叫ぶ。

「逃げんじゃねぇぞ復讐者ァアアアッ！！！　テメェがこの国を恨んでるように、『俺の女』を泣かせたテメェを俺は絶対に許さねぇッ！　正々堂々戦いやがれぇぇえええぇッ！！！」

ちょっ、だから俺の女とか言うのやめてって⁉　ていうかハオを逃がしてあげてよ！　もう危ないことは騎士とか憲兵さんたちに任せようよぉ！

そんな私の思いをよそに、掻《か》き集めてきた街のみんなまでも声を上げる――！

「テメェが違法組織のボス、ハオ・シンランってやつか⁉　よくも魔物を放ちやがったなぁ！」

「おかげで街はめちゃくちゃだぁ！　絶対に許さねぇ！」

「違法組織の首領め、ぶっ殺してやる――――ッ！」

ってみんな、お願いだからやめてよーッ⁉　ついさっきまでは逃げまどってたのに、なんでそんなに殺意いっぱいなの⁉　てかなんでハオのことを知ってるの⁉

……あ――――――――――――――――――――――――――――ッ!?　しまった――――――――――――――――――――――――――――――!!!

街のみんなを取りまとめて激情を煽《あお》りまくったのも、この騒動は違法組織『冥王星《めいおうせい》』のハオってやつが起こしたんだーって教えたのも、ぜんぶ私だったぁあああああッ!!?　うぎゃ――――――――――――――――――――――!?

うううう……どうしてこんなことに……!

後悔に打ちひしがれる中、そんな私をハオ・シンランは鋭く睨みつけてくる。

「クッ、ククク……ソフィア……やはりお前は気に入らない女だ。気性が荒いとされる獣人族の男をそこまで手懐け、民衆どもを戦士に変えるとは……!　いいだろう……お前はこの場で排除してやるッ!　その心に絶望を叩き込んでくれるわッ!」

ハオに全力で睨みつけられ……周囲を民衆たちに取り囲まれ、もう完全に戦うしかない状況を前に……私の心はバトルの前から絶望に染まっていく……!

わーんもうやだー!

『ハオが勝手に逃げてくれる。私にもようやく幸運が巡ってきたんだ!』――ってついさっきまで思ってたのに、現実はこれかよチクショウが――ッ!

「ソフィア率いる愚か者どもよッ!　国家反逆組織『冥王星』の首領として、お前たちを根絶やしにしてくれようッ!」

そう言って狂った瞳で私を睨むハオ・シンラン。

って率いてねぇよ!!　いやまぁたしかにウォルフくんは私を慕ってくれてるし、他の民衆たちも私が掻き集めてきちゃったんだけど、人を敵対者たちのリーダーみたいに扱わないでくれませんッ!?

それ絶対に集中攻撃してくるヤツじゃんッ！

私、他のみんなと違って敵意ゼロだから……！　もう生きて帰れるならアンタのことなんてどうでもいいから！！！

くそー……こうなったら殺《や》ってやるッ！　ただし、数の暴力で一気にブチ殺してやるわ！！！

私はハオへと剣を向け、怒り狂う民衆たちに指示を下す――！

「ハオ・シンランッ！　平和を乱したお前の存在を、私たちは絶対に許さないッ！　――さぁみんな、その怒りを奴へとぶつけてやりなさいッ！」

「「「うぉおおおおおおおおおおおおおおッッッ！」」」

咆哮《ほうこう》を上げる民衆たち。こうして千人を超える人々による一斉砲火が始まった！

無数の弓矢と魔力弾がハオに向かって射出され、奴の姿は一瞬にして土煙の中に消えていった。

さらには駄目押しとばかりに、武器を構えて突撃していく人々だったが――、

「――無駄だぁぁぁあああッ！！！」

次の瞬間、土煙の中より紫電の爆雷が迸《ほとばし》ったッ！

「っ、あぶねぇソフィアッ！」

咄嗟に落ちていた瓦礫《がれき》を盾とし、私を抱き寄せてくれるウォルフくん。

そんな状況下で私は見た。ハオの放った爆雷の衝撃により、千人を超える人々が絶叫を上げながら

吹き飛ばされていく光景を──！

ヤっ……ヤバすぎでしょぉおおおッ!?　ウェイバーさんもすごかったけど、どうなってんのその魔法の威力ッ!?

私の使うショボい魔法とは火力が違う。あれは間違いなく、『上級魔法』だと確信する。

魔法とは、主に出力によって三段階にクラス分けされるものだ。

握りこぶし程度の魔法弾が出るのは『初級魔法』、それよりもさらに威力が高かったり長時間維持されるものが『中級魔法』といった具合に。

そしてそれのさらに上……災害級の威力を誇るのが『上級魔法』である。

「ククク……まったく愚かなことだ。ただの人間ごときが、我を殺せるわけないだろうが……！」

傲慢な物言いをするハオだが、彼の言葉に間違いはない。

上級魔法を使える者はとてつもなく限られている。恵まれた魔力量だけでなくそれをコントロールする力と複合的な事象の計算能力も必要になるのだ。十人に一人くらいはいる魔法使いの中でも、上級魔法を使える者は一万人に一人いるかいないか程度だろう。

十万人に一人が持つ、人間国宝級の異能。そんな希少かつ最恐の力を──よりにもよって、私の命を狙う者が持ってしまっていた……！

「さぁソフィアッ！　我を怒らせた罪、その身をもって償うがいいッ！」

う、うわぁぁあああああ！　めっちゃ私のこと睨んできてるよぉおおッ!?　……い、今からでも謝ったら許してくれるかなぁ？

電流を纏《まと》った触手を蠢《うごめ》かせるハオを前に、私が土下座をかまそうとした時だ。

それよりも早くウォルフくんが拳を構えて、ハオに向かって叫びやがった！

「調子に乗るんじゃねぇぞ悪党がッ！　街のみんなの思いに懸けて、俺とソフィアがお前を倒すッ！」

って、〝俺とソフィア〟ってどういうことぉ！！？　もう巻き込まないでよぉおおおッ！！！

内心吐きそうになる私。そこに追撃するように、倒れ伏した民衆たちが声を上げる。

「ソ、ソフィアさん……どうか、オレたちの仇《かたき》を……！」

「後は頼みました……！」

「お願いします……ヤツを倒してください……！」

だっ、だからそういうのやめてって!?　もう完全に逃げられないじゃん！

……あーもうやるよッ！　やってやりますよッ！　やってやらぁコンチクショウッ！

私は双剣を構え、ハオに向かって宣戦する――！

「……みんなの想い、受け取ったわッ！　ハオ・シンラン！　正義の刃《やいば》でお前を倒すッ！」

うわ――ん！　こうなったらやけっぱちだー！

正義心なんてこれっぽっちもないけど、死んだ時にできるだけカッコよく語り継いでもらうために、正義の味方になってやるッ！

「行くよウォルフくん、覚悟はいいッ!?」

「おうよォッ！　お前とだったら地獄にだって付き合ってやるぜッ！」

って縁起でもないこと言わないでよぉ!?

たとえ死んでも地獄に落ちることだけは避けたいなぁと思いつつ、私たちはハオへと一気に駆け出した！

「ハハハハハハハッ！　さぁ来るがいい、その高潔な精神ごとズタズタにしてくれるわぁああぁッ！」

駆ける私とウォルフくんに対し、奴は触手を伸ばしてきた！

見えないほどの速度で迫るそれらを、私たちは直感だけでさばいていく――――！

「このぉぉぉおおおッ！」

炎剣を振るって触手を断り裂き、ハオへとあと一歩のところまで近づいた！　だがそこで、奴は両手を私たちに向け――、

「雷撃よ、我が手に集いて敵を討てぇッ！　『荷電粒子砲』――ッ！」

「なぁッ!?」

咄嗟に飛び退いた瞬間、紫電の光線が奴の腕から放たれた！

それは私たちの真横を駆け抜け、何百件もの家屋を爆砕！　燃え盛る商業都市をさらに壊滅させたのだった！

あっ、あぶねぇえええええええッ!?　上級魔法こっっっわ！　あんなのまともに当たったら死体も残らないんですけどぉおお!?

内心恐怖に震える私だが、足を止めている暇などなかった。ハオはにやりと笑うと、今度は向こう

から接近してきたからだ！

「接近戦がお望みなのだろうッ⁉　ならば、それによってお前たちを圧倒してやろうッ！」

低い姿勢で迫るハオ。奴は走りながら自分の背中に手を突き刺すと、なんと『背骨』を引きずり出して、剣のように振るってきたのだ！

ってうげ――――⁉　こいつどんだけ人間やめてるわけぇッ⁉

「フハハハハハハハハハハッ！　凛《りん》としたその顔に、我が傷跡を刻んでくれようッ！　そしてお前も憎悪に染まれぇぇえええッ！」

「くぅっ⁉」

双剣を交差させてどうにか受け止めるが、筋力までも強化してるのか、重さで地面に沈みそうになる……！

「っ、テメエ！　ソフィアから離れやがれぇぇええッ！」

唸《うな》り声を上げながらウォルフくんが飛びかかるも、ハオの武器は背骨だけではない。背中から生えた八本の触手が、ウォルフくんを足止めする。

「フッ、邪魔はさせないぞ犬っころ。……さぁソフィア、これで二人っきりだ。ゆっくりと語り合おうではないか」

妖しい笑みを浮かべながら顔を近づけてくるハオ・シンラン。……って、背骨でぶった切られそうになってる意味不明の状況でゆっくりお話しなんてできるかボケェ！

お、お願いだから殺さないで――――！　せめて死ぬ前にお城で開かれる豪華なパーティーに呼ばれて、美味《おい》しい物をいっぱい食べたりイケメンな王族（ただし私を殺そうとしたヴィンセントみたいな野郎以外）とひょんなことからダンスすることになっちゃったりとか、令嬢っぽいことを一回でもいいから体験させて――――！

一度目の人生が動く骸骨ことスケルトンにぶっ殺されて、二度目が背骨に斬られて死ぬとか謎すぎるわ！　せめて普通の人間らしい死に方をさせてよ!?

「ハオ……もうこんなことはやめなさい……！　強大な力を暴力に使って、アナタは（私が）可哀想《かわいそう》だと思わないのッ!?」

「可哀想ッ!?　街を焼かれた住民たちがかぁ!?　フハハハハ、お優しいことだなぁソフィアよ！」

ってちげ――――よッ！！！　今まさにぶっ殺されようとしてる私がに決まってんだろタコッ!!

「残念だが、可哀想などとは微塵《みじん》も思わんよ。なぜなら我がシンラン公国も、この王国の兵士たちによって無理やり焼き払われたのだからな。そう……あれは二十年前のこと――」

いや知らんがな！

聞いてもないのに過去を語り始めるハオを無視して、私はどうにかこの状況を抜け出せないか考え始めた。

うーん……ウォルフくんは鞭《むち》みたいに振るわれる触手に苦戦中だし、ウェイバーさんや街の人たちは死にかけで倒れてるし、助っ人は期待できそうにない。

だとすれば頼れるのは自分だけなんだけど……マズイことに私も限界が近い。ほぼ一晩中戦い続けたことで体力は残り少ないし、双剣に炎を宿している魔力ももうすぐ尽きそうだ。

そうなれば切れ味の悪い安物の剣に戻っちゃって、再生力の強いハオを倒すことはできなくなるだろうし……くそうっ、もっと高いの買っておけばよかったぁぁあああッ！！！

〝お金ないし、どーせ属性付与魔法で強化できるから安物でいいや！〟――なーんて考えてた過去の自分に対する怒りで、涙が出てくるッ！　ウソ泣きじゃなくてマジ泣きだッ！

うううううううううっ、ぜんぶ貧乏が悪いんだ……貧乏なせいで心まで貧しくなっちゃったんだ……！　ああ、貴族の娘のはずなのに……どうして私だけこんな目に……！

打開策の出ないまま自分の不幸っぷりに涙目になってきていると、ハオの話が佳境に入った。

「――かくして我は誓ったのだ。祖国を滅ぼしたこの国の王『ジークフリート』に復讐するために、バケモノにすらなってやろうとなぁ……！　それから二十年、あらゆる禁忌の技術を身につけ、肉体をモンスター化させた我だったが……フッ、ソフィア……心優しい女よ。お前はこんなにも醜くなってしまった我の話を聞いて、涙を浮かべてくれるのだな……」

って、はい!?　全然違いますけど!?　なにさっきからヒトのことを自分のいいように解釈してるわけ!?

えっ……ていうかもしかしてハオ王子、理解者的な存在を求めてるの!?　自分で身体を触手ビロビロモンスターにしておいて、実はちょっと後悔しちゃってるの!?　コンプレックス感じちゃってるの!?　最初に会った時、自分の不運さに対して悲しい表情をしたら絡んできたのも、そのせいなの!?

うっわ――――コイツめんどくせ――――……ッ！　境遇とか雰囲気からだいたい予想はついてたけど、めっちゃ病んでるよこの人ー……！

祖国を侵略されて復讐したいって気持ちはわかるけど、無関係な私のことを巻き込みやがった時点でコイツは敵だ。同情の余地はない。

だけどこの状況……もしかしたら利用できるかもしれないッ！　やっぱり勝つのは無理っぽいし、このままハオに気に入られてどうにか生き延びてやろうッ！

私は戦いの中で身につけた新技術『目から水魔法《うそなき》ピュルピュル』を使うと、悲しげな表情でハオに訴えかける――！

「お願いハオっ、どうか心までバケモノにならないでッ！　アナタはまだやり直せるわ！　アナタの肉体改造技術を世のために活かせば、きっと世界中の人々を救えるようになるはずよ！　そうして慕ってくれる人を集めて、誰も傷つけずに祖国復興を果たせばいいじゃない……！　その瞬間まで、私が隣にいてあげるから……っ！」

「っ、ソフィア……お前は……っ」

目を見開いて私をまじまじと見つめるハオ。

よぉおおおおし、イイ感じイイ感じッ！　心にグッときてるみたい！　さぁそれじゃあハオくん、さっさと私を真っ二つにしようとしてる背骨から、力をヌキヌキしてくれると嬉《うれ》しいんだけどなぁ！

ソフィアお姉ちゃん、もう腕や足が限界なんだけどな――――！

心からそう思っていたのだが、しかし……！

「クッ……クククッ！　あぁ、お前に対するこの切なさ……この愛《いと》おしさ……もはや認めるしかないか。まさか我の心にも、まだ理解者を求める気持ちがあったとは……ッ！　ゆえに――ソフィアよぉおおおおおおおおおッ！　お前をこの手で殺した瞬間、我は真なる『バケモノ』へと生まれ変われるということだぁあああああッ！　我を最恐の怪物に導き、復讐のための礎《いしずえ》となれぇえええッ！！！」

ってなんじゃそりゃあああああああッ!?　なんで逆に力を込めてきてるのぉおおお!?

愛しいから殺したいとか、コイツ病みすぎでしょッ!?

「ハオっ、どうか話を……！」

「問答無用ォッ！　吹き飛ぶがいぃ――『爆雷華』ァアアアアアッ！！！」

その瞬間、ハオの全身から雷の爆風が巻き起こった――！

咄嗟に水魔法を噴出して退避しようとした私だが、噴水による加速ごときでは、雷速で迫る衝撃から逃げられるわけもなく――、

「死ねぇえええええッ！！！」

「ぐぅううううううううッ!?」

私は勢いよく吹き飛ばされ、そのまま瓦礫に叩きつけられた……！　衝撃により肺から全ての息が漏れ、あまりの痛みに動けなくなる。

そうして倒れ込んだ私に、ハオは狂った笑みを浮かべた。

「これで終わりだ……諦めるがいい、ソフィアよ。お前を助けようとしていた獣人の王子も、どこかに吹き飛んでしまったぞ？　くくっ……特にあちらは魔法が使えないようだったからなぁ。飛び退いたことでわずかに衝撃を減らしたお前とは違い、我が爆雷をもろに受けたのだ。間違いなく死んでいるだろうよ」

クツクツと笑いながら、奴は私に腕を向けてきた。

その手のひらには膨大な量の雷が集い、徐々に輝きを増していく。


——私のことも、あの世に送ってやるために。


「……はぁ……」

死の雷光を前に、私は小さく溜《た》め息を吐《つ》いた。

もうお終《しま》いだ。もう終わりだ。ただでさえ雷魔法は最高の速度を誇るのだ。痛みでろくに動けない今、避けられるわけがないだろう。

結局ぜんぶ、無駄だったのだ。

どういうわけか二度目の生を得て、今度こそ幸せになるために自分磨きをして、慣れない笑顔を身につけて……。

そうやって無口で陰鬱な根暗女から、どうにか普通の女の子にはなれたと思っていたんだけど……

どうやら不幸っぷりだけはどうにもならなかったらしい。

今から私は殺される。

そうして――ウォルフくんやウェイバーさんとの出会いも、全て無駄に終わるのだ。

せっかく二度目の人生で、初めて仲間ができたというのに……！

「さぁ、散るがいいソフィアよぉッ！　上級魔法『荷電粒子砲』ッ！」

ついに放たれた極大の閃光。

それに飲み込まれたが最後、人生の幕が閉ざされると理解した瞬間――私の心は『怒り』に満たされた！

「……ふざ……けるな……ふざけるなぁぁぁあああああああああッ‼」

十五年間の頑張りが、出会いが、こんな男の無関係な復讐のせいで無駄に終わるだと⁉　なんだそれはふざけるなッ！

そんなことはさせはしない！　持てる全ての力を尽くして、コイツを殺して私は生きる――ッ！

私の大切な命をォオオオオオオオオオッ！

「お前なんかに、奪わせてやるものかぁぁぁあああああッ！！！」

迫りくる死の雷光を前に、私は炎と水の魔法を融合させて解き放った――！

その瞬間、先ほどのハオの爆雷を上回るほどの大爆風が巻き起こり、荷電粒子砲を吹き飛ばした！

「なっ、何ぃ⁉　なんだ、その威力の魔法は！　ソフィア……お前もまた、上級魔法の使い手だというのか⁉」

「――いいえ、違うわ」

私は元々凡人だ。ハオのように、災害級の威力の魔法をポンと出せるような才能は、残念ながら私にはない。

だとしたら、創ってしまえばいいのだ。凡人の私でも、上位の魔法使いに抗《あらが》えるような新たな魔法の使い方を。

「ねぇハオ……属性魔法には、決して同時に使ってはいけない組み合わせがあるわ。それは、『火』と『水』よ。上手《うま》く併用すればお湯くらいは出せるけど、もしも魔力のコントロールが乱れてしまえば大惨事だわ。そうなればどうなるか……博識なお前なら知ってるんじゃないかしら？」

「っ、そうなれば……水蒸気爆発が発生し、術者の身体を消し飛ばしてしまうはずだが――まさかッ!?」

「そう。私はわざと大失敗を引き起こし、それによって発生する爆発の方向性自体をコントロールしたのよ」

私の言葉に、ハオは「馬鹿な……！」と短く叫んだ。

……私だって馬鹿なことをしてると思う。たとえるならば爆薬を口の中で調合して火をつけ、炸裂《さくれつ》する前に吹きつけているようなものだ。もはや魔法攻撃というより大道芸の領域に近い。

魔力属性の反発作用を利用することで少量の魔力消費で高火力を発揮できるものの、精密かつ超速で制御しなければ、肉体が弾《はじ》けて即死する荒業だ。

だけど、生き残るためならなんだってやってやる。私はこんな戦場ではなく、柔らかなベッドの上で幸せに死ぬためにこれまで努力してきたのだから！

「ハオ・シンランッ！　もはやお前には言葉を尽くさない。平和のためにお前を殺すッ！」

「フッ……フハハハハハッ！　いいぞぉソフィアよ、やってみるがいいわぁぁあああッ！！！」

それぞれ双剣と背骨を手に、私たちは同時に地を蹴った――――！

電流によって肉体を無理やり動かし、超高速で迫りくるハオ。しかしこちらも速度だけなら負けはしない。足元で水蒸気爆発を起こすことで、一気に奴へと刃をぶつける！

「「死ねぇぇぇえええええええええええええええッッ！！！」」

戦場の中心で激突し合う私たち。その瞬間より、血で血を洗う最後の死闘が始まった。

背骨に加えて八本の触手を振るうハオに対し、こちらの武器は双剣のみだ。だがそれならば、速度によって手数を覆してしまえばいい。

私は振るう刃の逆方向から爆風を噴射することで、剣速を何十倍にも跳ね上げた！

「アナタはここで死になさいッ！　これ以上（私の）平和を乱させはしないッ！」

斬っても斬っても再生していく触手だが、この戦闘法に私の身体が馴染《なじ》んでいくことで、さらに剣速は急上昇。気付けばハオの再生速度を上回り、奴の顔が徐々に歪《ゆが》んでいく。

「チィィイイイッ！　こんな付け焼刃の戦い方でぇえええええッ！」

夜空に向かってハオが大きく飛び退いた。電流を纏って肉体を磁極化させることで、地面の砂鉄と反発し合って飛翔を可能としているのだろう。

奴は必死な形相を浮かべながら、自身の周囲に無数の雷の槍《やり》を顕現させる。

「シンラン公国の秘術を受けよォッ！　『極雷槍《ごくらいそう》・千連射』ァァアアッ！」

綺羅星《きら》のごとく夜空に輝く千の脅威。それらはハオの殺意に応え、私に向かって一斉に降り注いできた。

まるでこの世の終わりのような光景だが、もはや恐怖で怯《ひる》みはしない。どうせ喚《わめ》いても無駄だというなら、暴力によって道を切り開いてやるッ！

私は足元で爆発を起こし、雷槍の豪雨に向かって一気に翔け出した！

「ハァァアアアアアアアアアアアアアッ！」

わずかな隙間を縫うように飛翔し、回避不能なものは燃える双剣によって無理やり斬り裂き、雷槍の中を突破していく。

そうしてついに光の中から抜け出し、千の脅威を凌ぎきったかと思った瞬間――私の前に、全長何十メートルもの鉄塊を掲《かか》げたハオの姿が現れた……！

「フハハハハハッ！　磁力を操作し、周囲一帯から引き寄せた鉄くずの塊だッ！　さぁソフィアよぉ、我が想いを受け取ってくれぇぇえええええ！！！」

病んだ狂笑を浮かべながら、ハオは私へと何十トンあるかもわからない鉄塊を放ってきた！

っ……これを突破するのは難しそうだ。とてもじゃないけど切り刻めるような質量じゃないし、緊急回避も間に合うかどうかわからない。

さぁどうするかと、私が冷や汗を流した――その時、

「──俺の女に、手ぇ出すなぁぁあああああッッッ！！！」

地上にあった瓦礫の山が弾け飛び、そこから血まみれのウォルフくんが飛び出してきた！

「うぉらぁぁあああああああああッッ！」

彼は一気に鉄塊の下にまで辿《たど》り着くと、全力のアッパーを叩き込んだッ！　それによって超重量の鉄塊は空高くまで吹き飛んでいき、粉々に爆散を果たす！

って……はぃぃいいいいい!?　えっ、ちょっ、ウォルフくん何十メートルジャンプしてるのッ!?

ていうかワンパンで鉄の塊が……えええええええええッ!?

「へへっ、やってやったぜ……！　あ、わりぃソフィア。俺落ちて死ぬわ」

「って死なないでよウォルフくん────!?」

満足げな顔で落ちていくウォルフくんを咄嗟に抱き留める。

まったくもう、あいかわらず後先考えてないんだから……！

というか、ハオに向かって家を投げつけたことといい、彼の筋力は本当にどうなってるんだろう？

怪力って言葉だけじゃもう説明がつかない。一体どうなっているのかと彼の身体をじっくりと見ると……うん、何これ？　夜だからわかりづらいけど、表皮から黒い光が漏れ出してる……!?

これってまさか──魔力の光ッ!?

「……ソフィアの身体って、細くて小さいのに柔らかいよなぁ……ぺろぺろ……」

「はうぁっ!?　ちょっ、首筋舐《な》めないでってばぁ!?」

驚愕《きょうがく》する私をよそに、のんきに首筋を味わい始めたウォルフくん。そんな彼の頭をポコリと叩いた時だ。ハオが忌々《いまいま》しげに舌打ちを鳴らした。

「チィイイイイッ⁉　ウォルフとやら、貴様は一体なんなのだッ⁉　貴様も肉体を改造しているのか⁉」

「は？　お前みたいな触手ビロビロのタコ野郎と一緒にすんな」

「なんだと貴様ぁぁあああああああああッ⁉」

ってウォルフくんそういうこと言わないのッ⁉　この人自分で身体をいじっておいてコンプレックス持ってるみたいだからッ！

「クソがッ……クソがクソがクソがぁぁあああッ！　どいつもこいつもっ、我の邪魔をするなぁぁあああ！！！」

血走った目で八本の触手を伸ばしてくるハオ・シンラン。しかし次の瞬間、全ての触手が一瞬にして凍りついた！

私たちがハッと地上を見ると、そこには火傷まみれのウェイバーさんが、必死に手から魔力を放っていた……！

「ハァ、ハァ……さぁ、今ですよ二人とも……！　私が触手を凍らせているうちに……トドメを……！」

「ウェイバーさん……！」

私とウォルフくんは同時に頷《うなず》き、呻《うめ》くハオを睨みつける。

もう、体力も魔力もほとんど空っぽだ。だけど……二人の力があれば絶対に倒せるッ！

「いくよウォルフくん！　私が翼になるから、ウォルフくんはアイツを思いっきりブン殴ってッ！」

「おうよッ！　馬鹿野郎の目を覚まさせてやんねーとなぁ！」

私はウォルフくんの肩を強く抱き、渾身の爆発を起こしてハオに向かって飛びかかった！

そんな私たちに対してハオが絶叫を上げる。

「えぇい、来るな来るな来るなぁぁあああああああ！　我には大義があるのだッ！　この王国を滅ぼし尽くし、シンラン公国を復活させるという野望がぁぁあああああッ！」

「知ったことかぁぁああああああ！！！」

大それた夢や野望のためなら、他人を犠牲にしてもいいと!?　ふざけるなッ！

たとえこっちにそんなもんがなくたって……幸せに死ねるならなんでもいいと思ってるくらい、人としての意識が低くたって……！

「――私には、生きたい明日があるんだぁぁああああああ！！！」

私の咆哮と共に、ハオの顔面へとウォルフくんの拳が炸裂したッ！　漆黒の魔力を炎のように噴く彼の一撃を受け、ハオ・シンランは吹き飛んでいく――！

「お、おのれッ、おのれぇえええええええええええッッッ!?」

ハオは絶叫を上げながら、天の向こうにまで舞い上がっていき――やがて粉々に砕け散って、風の中へと消えていったのだった。

「……ウォルフくん」

「ああ……！」

奴の死に果てる様を見ながら、私とウォルフくんは顔を見合わせ、そして――！

「私たちのっ」

「勝利だぜぇえええええええええ！！！」

全身傷だらけになりながら、それでも笑顔で抱き締め合う。

そんな私たちの姿を、昇ってきた朝日が照らすのだった……！

第十話 （きたねぇ）英雄と王子、運命の再会！

――『復讐《ふくしゅう》の王子』ハオ・シンランの討伐から三日後。商業都市レグルスは復興の最中にあった。

やり手の商人さんたちが集まる街とだけあって、みんなすっごく元気だ。身体《からだ》のあちこちに包帯を巻いているのに、瓦礫《がれき》の撤去に勤《いそ》しんでいる人たちの姿がたくさんあった。

そんな光景を病室の窓から覗《のぞ》きながら……私は目の前で取っ組み合ってる男二人に溜《た》め息を吐《つ》いた。

「オラァァァくたばれやウェイバーーッ！　ソフィアの番犬に相応《ふさわ》しいのはこの俺だぁぁああぁッ！」

「えぇい黙れウォルフッ！　ソフィア嬢の従者には私こそが相応しいに決まってるだろうがッ！」

ほっぺや髪を引っ張り合いながら、部屋をゴロゴロと転がりまくるウォルフくんとウェイバーさん。

死んでもおかしくはないほどの重傷を負い、つい先ほどまで眠り込んでいた二人なのだが、目が覚めたとたんにこの調子だ。

こちらは未《いま》だにベッドから出れないというのに、どうなってるんだろうか……？　あと私の病室で暴れるのやめろ！

「もう二人ともっ、病院に迷惑がかかっちゃうでしょ!?　ストップストップ！」

「おうっ！」「ハッ！」

ってうわぁ一瞬で止まったッ!?

えぇぇぇぇぇ……二人からの忠誠心が重すぎるんですけど……!?　とてもじゃないけど私、獣人国の王子様だとか国王直属の一級執事さんなんて配下にできないからね!?

ウォルフくんほど才能もなければウェイバーさんに出せるお給料もないし、ショボい領地の貧乏令嬢がそんなＶＩＰ二人を連れ歩いてたら絶対周りからおかしな目で見られまくるから！　そしたら間違いなく私の胃袋がストレスで破裂しちゃうって！

……小心者な元根暗女として、それだけは避けたいと思っていた時だ。

不意に、病室のドアがガラリと開けられた――！

「は、はい……!?」

「ヌハハハハッ！　失礼しようッ！」

ノックもなしに入ってきたのは、ダンディなお髭《ひげ》のオジサマだった。

って、誰この人!?　なんか知らない人がやってきたんですけど!?

「えーと……どちら様でしょうか……？」

「あぁ、申し遅れた！　我輩《わがはい》の名はダーニック。商会連合の会長にして、ここら一帯を治める大公でもある男だ。まぁ要するに、むちゃくちゃ偉い人ということだな！」

へ～、大公様であらせられましたか……って、たたたたたた、大公様ぁぁあああッ!?

それって貴族の中でもいっっっっっちばん偉い人じゃんッ!?　限りなく王族に近い……てか、王族の分家とかそのへんの血筋じゃないとなれない立場の人じゃんッ!?　ぶっちゃけほとんど王族じゃゃんッ!?

そそそそそそっ、そんな人がどうして私の病室に!?

と、とりあえず落ち着けー……よく考えろ私。

大公と言っても、所詮はガチの王族よりも立場は下なんだ。つまり、私が半殺しにしてやったアホ王子のヴィンセントよりも下の存在って考えろ！

……あっ、そう考えたら本当に落ち着いてきた！！！　アホに感謝！

よーし、こっちも固まってないで挨拶しないと！

「……お初にお目にかかります。グレイシア家の娘、ソフィアと申します。療養中の身ゆえ、横になったまま挨拶を返すご無礼をお許しください」

「ほほぉ、さすがは肝が据わってるな……！　大抵の者は急に話しかけると固まってしまってつまらないものだが」

そう言って興味深そうな目で私を見るダーニック様。

って、そら固まるわっ！　大公といったらそこらの貴族を一言でお家おとり潰しにできるくらい偉いんだから、そんな人がラフに話しかけにこないでってのっ！

はぁ……ちょっとウェイバーさん、この人になんか言ってあげてよ？　国王陛下の執事なんだから面識くらいはあるんじゃないの？

そんな思いをウェイバーさんに飛ばすと、どうやら意思が通じたらしい。彼は眼鏡をくいっと上げて、ダーニック様に向かい……、

「えー、僭越《せんえつ》ながらダーニック様……ここは我が主君ッ、ソフィア嬢のお部屋です！！！　ノックもなしに入ってくるとは何事ですかッ！！？　恥を知りなさい！！！」

「ひぃごめんッ!?」

ってテンなことどうでもいいだよぉぉぉぉおおおお!?　てか執事が大公を怒鳴っちゃダメでしょ!?　あとダーニック様も謝らなくていいから!?

も～ウェイバーさんってば会った時は冷静そうな人だったのに、一体どうしちゃったわけ……？逆にウォルフくんなんて、空気を読むことを覚えたのか静かにしてるのに！　ねーウォルフくん？

「……なぁソフィア、腹減ったしメシ行かねぇか？　話があるんなら、そこのオッサンもついてきていいぞ～」

ってオッサンって呼んじゃ駄目でしょ!?

大人しくしてると思ったら、お腹空《なかす》いてただけかーい!!

自称従者二人の自由っぷりに頭を痛めていると、「ヌハハハハ！」とダーニック様が高笑いを上げた。

「……『氷の執事』と呼ばれていたウェイバーにここまで熱く慕われ、荒れ狂っていた『狂犬ウォルフ』をこうも穏やかにするとは。さすがは街の救世主、ソフィア・グレイシア殿といったところか。

……まったくもって、そなたには頭が上がらんなぁ」

そう言ってダーニック様は、私に対して深々と頭を下げるのだった。

……って、

「ちょっ、ダーニック様⁉」

「ソフィア殿、そして彼女の従者たちよ！　そなたらの活躍により、商業都市は全滅を免れた！　本当に……本当にありがとう……！　この地を守る大公として……商人たちの代表として、心からの感謝を送ろうッ！」

っいやいやいやいやいやいやいや⁉　私がハオと戦うことになったのは、完全に成り行きからだから⁉　なんか気付いたら結果的に街を守ることになっちゃっただけで、そんな雲の上の人からお礼なんてされたら良心が壊れちゃうからッ⁉

「いやっ、あのですねダーニック様っ⁉　そこまで感謝しなくてもですね……！」

「あぁ、謙遜されるなソフィア殿！！　特にそなたには感謝しておるッ！　聞けば、心の折れかけていた商人たちやスラムの者たちをそなたは励まし、武器を執《と》らせたそうではないかッ！　おかげで誰もが『被害者』ではなく、勝利を掴《つか》んだ『戦士』のごとき顔つきで、日々精力的に復興活動に勤しんでおるわ！　それに戦いを共にしたことで、貧民たちと商人たちの確執もなくなってなぁ！　まさにそなたはこの街の聖女だッ！」

って違うんですぅううううううッ⁉　私がみんなを戦いに巻き込んじゃったのは、『もうやってらんねーから数の力で解決じゃぁぁあああ！』ってヤケクソになっただけなんですぅうううううううう！

みんなのこととかまっっっったく考えてませんでしたから!?　もうラクに戦いが終わるならそれでヨシって気持ちだけでしたから！

もう、本当に正義感なんてこれっぽっちもないメスブタなんです……！　だからどうかこれ以上褒めないでぇ……！

ズキンズキンとストレスで痛む胃袋を押さえながら、涙目でダーニック様に訴えかける。

しかし彼は口を止めるどころか……！

「――そこでソフィア殿ッ！　国王陛下にそなたの功績を伝えまくった結果、直々に勲章が贈られることになったぞぉッ！　喜ぶといいッ！　そなたはこの『セイファート王国』の、新たなる英雄となったのだぁぁぁあッ！」

ぐはぁああああああああああッ!?　なッ、なんじゃそりゃぁぁあああああッ!?

ダーニック様の爆弾発言を受け、ついに私の両目から涙が溢《あふ》れ出した……！

「おっ、喜びの涙だな！」

って違うわボケェエエエエエエエッ！

もうっ、どうしてこうなるのぉおおおおおおっ!?

◆
◇
◆

「――おっ、見ろよソフィア！　草原だぜー！　ひたすら草原だぜー！　さっきから草しか見えないぜ――っ！」

「あははっ、ウォルフくんは楽しそうだね～」

「おう、お前と一緒ならどこでも楽しいぜッ！」

馬車の窓に手をつきながら、子供のようにはしゃぐウォルフくん。

……わぁ、ウォルフくんの笑顔が眩《まぶ》しいや～。人生という荒波に疲れ切ったソフィアお姉ちゃんママには、もう偽物の笑顔しかできないのにさぁぁあああ……！

ガタゴトと揺れる高級馬車の中、私は内心頭を抱えていた。

ダーニック大公の訪問から一週間。彼より与えられた最高級回復薬のおかげで元気にされてしまった私は、逃げる暇もなく馬車に詰め込まれてしまった……！

向かう先はセイファート王国の王城……国王陛下のところである！

ってうぎゃあああああああああああッ!?　貴族の中でも下っ端中の下っ端な私が、本当にどうしてこんなことにぃぃいいいいッ!?

私、小心者な元根暗女なんだよ？　絶対にプレッシャーで死んじゃうよぉおおおお！

しかも国王陛下っていったらアレだよね……アホ王子ヴィンセントのお父さんなんだよね……!?

う、うわーすごい不安になってきたぞぉ！　ちょ、ちょっとどんな人か同席してるウォルフくんに訊《たず》ねてみよっと！

「……ねぇウォルフくん、国王陛下ってどんな人なの？」

「あん？　あー……一言で言うなら、クソ野郎だな」

でででででででっすよねーッ！　ウォルフくんを奴隷にして五億の借金を背負わせた張本人ですもんねー！　わぁ、楽しそうだったウォルフくんの顔が一瞬で憎悪に染まったぞー！

……ていうか現国王のジークフリート陛下といったら、経歴だけを見てもヤバい人ってわかるからね。

二十年ほど前に王座についたその日、国民への挨拶で「シンラン公国とは最近不仲なんで侵略します」宣言をかましたとか（馬鹿じゃないの？）。

さらには国王自らが戦場に立ち、圧倒的な戦闘力と卓越した指揮によって、瞬く間に公国を滅ぼしたという。

それからもウォルフくんの故郷である獣人国などを強引に侵略していき、平和的だったセイファート王国を一大軍事国家に作り替えたのだった。

はぁ、そんな人に会わなきゃいけないのかぁ……と思ってると、ウォルフくんが忌々《いまいま》しげに舌打ちをする。

「とにかく頭のネジが外れた野郎でよぉ……俺のことを奴隷にしやがった日に、こう言ってきたんだよ。『最近は暗殺者がめっきり来なくなってしまってねぇ。刺激がなくて面白くないんだ。――そこでウォルフよ。君は毎日好きな時に、私のことを殺しに来なさい』……ってよ」

「え、えぇえええええええ!?」

そ、そんな理由でウォルフくんのことをペットにしてたの!?

暗殺者が来なくて面白くないとか意味わかんないんですけど……!

「……それからは何度も襲いかかったが、一度たりとも攻撃を当てられなかった。気付いた時にはぶっ飛ばされて、王城のベッドでおねんねだ。しかも襲撃しなかった日にはメシも食わせねぇしよぉ。ンで結局、俺のことにも飽きちまったのか……、」

「『冒険者になって五億ゴールド稼いできなさい』って言われて、ステラの街にほっぽり出されたってわけね」

「そういうこった。本当に勝手な野郎だぜ……」

ウォルフくんはうんざりとした顔で、首につけられた『呪いの首輪』を指差した。

国王陛下の許しがなければ外せないという呪具だったか。特に痛みなどはないそうだが、屈辱は相当なものだろう。特に獣人族の人たちはみんな、抑圧を嫌い自由を愛する性格らしいし。

ちなみに私は屈辱とか気にしないので、もしも私なら首輪がついたままだろうが逃亡するんだけどね。

それに一年以内に五億稼げとかむちゃくちゃだしさぁ……そもそも王族のくせに大金を要求してくるのはどうかと思うよ？　私、がめつい金持ちは嫌いなのでウォルフくんを全面的に応援します！

「頑張ろうよウォルフくん！　国王陛下のこと、見返してやらないとね！」

「ソフィア……おうよ！　五億稼いで自由になったら、決闘を挑んでぶっ殺してやるぜ！　お前と一緒に戦ってきたおかげか、なんか変な力にも目覚めたしな……！」

そう言ってウォルフくんは、手のひらから『漆黒の魔力光』を放つのだった。

最初に見た時は驚いたものだ。後天的に魔法使いとしての才能に目覚める者は数少ない。ほとんどの場合は親が魔力持ちだったからそれが遺伝したってケースだからね。

彼が家を持ち上げたり空高くまでジャンプをしたのは、たぶんなんらかの魔法による力だろう。

「それでウォルフくん、自分の魔力属性はわかった？　その魔力、火とか水とかに変換できそう？」

「ん～わかんねぇ。ただ身体の一か所に集めたりしたら、そこがすっげー熱くなってものすごい力が出たりするぞ！」

何それホントにわけわかんない……身体を直接強化する魔法なんて聞いたことないんですけど。

まぁ、そこらへんの難しいことは王都の魔法学院あたりで調べてもらおう。そこでは日々魔法の研究を行ってるそうなので、たぶんわかる人がいるだろう。

どーせ王都には今から行くことになるしねぇ……はぁーあ……。

国王陛下と会わなきゃいけないことを思い出し、改めて憂鬱な気分になった時だ。

青々とした草原しか見えなかった窓枠に、立派な屋敷が映り込んだ。そこの門前で馬車は止まると、馬を操っていたウェイバーさんが声をかけてきた。

「ソフィア嬢……とついでにウォルフ。今日はこの屋敷で宿泊しますよ。ここは王族所有の別荘で、使者の方が歓迎してくれるそうです」

「俺はついでかよクソ眼鏡」

「黙れクソ犬。お前はそのへんで野宿してろ」

……相変わらずな調子のウォルフくんとウェイバーさん。そんな二人に苦笑いをしながら、私は馬車から飛び降りた。

するとその時、ギィィィイという古めかしい音を立て、屋敷の扉が開かれて――、

「ようこそおいでくださいました、英雄様。僕はジークフリート陛下より派遣された使者にして、第三王子の……って、げぇええええええええええええッ!? おまままままままっ、お前はァッ!?」

顔を青くしてガタガタと震える金髪の美少年。

なんと王国の使者に選ばれたのは、かつて私と殺し合った第三王子・ヴィンセントだった！

って、ふざけんじゃねぇぞ国王陛下ぁぁあああああッッッ!? アンタ何考えてんのマジでぇぇぇええッッッ!?

こんな悪趣味なドッキリあるかいっ！　私は改めて王様のことが大嫌いになった！

◆　◇　◆

「このぉ……かってはよくも僕のことを馬鹿にしまくってくれたなぁーッ⁉ おかげで僕の名声はボロボロだぁーッ！ けっ、決闘だー！ ソフィア・グレイシア、僕ともう一度決闘しろぉおおおッ！」

「えぇ……」

ガタガタと震えながらも剣を抜き、私を睨《にら》みつけてくるヴィンセント王子。

そんな彼を前に、私は心から国王陛下を恨んだ。

もうっ、なんなのあの人⁉ わざわざ因縁のあるコイツを使者として送ってくるとか、何考えてんのーっ⁉

とてもじゃないけど正気の沙汰とは思えない。

まーためんどくさい人に目をつけられちゃったなぁと私が溜め息を吐くと、ヴィンセント王子が顔を真っ赤にした。

「ムキッー⁉ なんだ貴様っ、今の溜め息は⁉ また僕のことを馬鹿にしてるのかー⁉」

って違うから⁉ ていうかヴィンセント王子、私に対して剣を向けたりすると……、

「番犬パンチッ！」「執事キックッ！」

「ってうぎゃぁあああああッ⁉」

……ほらこれだ。

ウォルフくんとウェイバーさんの拳と蹴りを受け、ヴィンセント王子はごろごろと転がっていった。

ふ、二人とも容赦がないなぁ。

「俺のソフィアに剣を向けんな。――コイツを傷つける奴は、命を懸けてでも殺す……！」

「ご安心くださいソフィア嬢。――アナタに仇《あだ》なす害虫は、私が全て排除しますので……！」

ひぇえええええええッ!?　なんか二人からの愛情がどんどん重くなってないッ!?

私、もしもこの人たちに薄汚い本性がバレちゃったらどうなっちゃうんだろう！

うぎぎぎぎぎ……彼らが私に対して抱いている『聖女像』を崩すわけにはいかない。

私はぶっ倒れているヴィンセント王子に仕方なーく近づき、心配してる（っぽい）表情で彼の顔を覗き込んだ。

うわ～まつ毛長いな～。女の子みたいだ～。

「えっと……大丈夫？」

「うっ、うーん……ってファッ!?　な、なんだ貴様ッ!?　僕をどうするつもりだッ！」

あ、起き上がった。線が細いわりには意外に頑丈なのかもしれない。

私はビクビクしているヴィンセント王子の肩にそっと手を置き、寂しげな声で言い放つ――！

「ねぇ……もうやめましょうよ、ヴィンセント王子……！　同じ王国に生まれた私たちが、どうして憎み合わなくちゃいけないの？　王国からの使者であるアナタなら知っているはずよ。大事件を巻き起こした『復讐の王子』……ハオ・シンランという男の、憎悪にまみれた悲しい結末を……！」

「っ、そ、それは……」

よぉしッ、怒り一色だったヴィンセント王子の表情が曇ったッ！

どうせキャンキャン噛《か》みついてくるコイツのことはどうにかしないといけなかったんだ。ここで一気に畳みかけてやる！

私はハオとの戦いで身につけた新必殺技、『目から水魔法《うそなき》ピュルピュル』を発動させた！

ヴィンセント王子の顔に動揺が走るッ！

「えッ、泣きっ⁉　えっ⁉」

「お願いヴィンセント王子っ！　もう私は……誰も傷つけたくないの……っ！　誰の命も奪いたくないの……っ！」

「なッ――⁉」

決まった――！　ガツンと殴られたかのような表情で固まるヴィンセント王子――ッ！

さぁ決まったッ！　これは決まったッ！

泣いてる女の子に対してッ！　罪悪感に苦しんでいる女の子に対してッ！　強く当たれる男の子なんているわけがないッッッ！

ぶっちゃけ私をぶっ殺そうとしやがったハオのことなんてまったく気にしてないし、アイツのことだからミミズに転生して生きてそうだなぁ～とすら思ってるけど、王子様と仲良くなるために利用させてもらいましょうッ！

さぁラストだ。私はヴィンセント王子の肩に置いた手に力を込め、潤んだ瞳に決意の光を輝かせる(※ホントは何も決意していない)。

「……ヴィンセント王子。私のことが気に入らないというのなら、どれだけ罵ってくれても構わないわ。だけどお願い……どうか出会った時のように、貧困層を差別するようなことだけは言わないで。アナタは国を代表する『王族』なのよ……!? そんなアナタから蔑まれたら、いずれそれは風潮となり、貧しい人たちは国全体から迫害されることになってしまうわ……！」

「それは……!? っ……そう、か……。だから貴様は……いや、キミは……あえて僕のことを過剰に罵り……名声を失墜させようとしたのか。『第三王子ごときの言うことなんて気にすることはない』と……そう民衆に思わせて、差別的な風潮を生ませないために……憎しみの種を生まないために、王子である僕から恨まれることになっても……ッ！」

「その通りよ」

そうじゃないんだが。

ぶっちゃけコイツをコケにしまくったのは、単純に憎かったからなんだけどね。ぶっ殺してやる気マンマンだったたし。

お前さぁ……お金ないことを罵るとか、マジで殺されても文句言えないからなホント……ッ！　今度バカにしたら絶対に殺してやるからなぁぁああぁッ！

――そんな思いを胸に秘め、私は柔らかく微笑《ほほえ》んだ。

「本当は誰も傷つけたくはないけれど……でも、ハオのように平和を脅かそうとする者が現れたのなら、私は戦うわ。民衆を代表する貴族として、命を懸けてみんなを守ってみせる。

だからヴィンセント王子……アナタも王族として、どうか誇り高い姿を見せてちょうだい」

「っ……フン、いいだろうっ！　だがそのっ、あれだ！　キミも貴族として恥ずかしい姿を見せるんじゃないぞ⁉　つまりは、その……」

「泣くな、って言いたいの？　フフッ……励ましてくれてるのね、ヴィンセント王子」

「なっ、いや、ちがっ……⁉　う、う〜〜〜〜〜っ！　やっぱりキミは苦手だぁああああ！！！」

顔を真っ赤にしながらどこかに走り去ってしまうヴィンセント王子。

あの調子ならもう大丈夫だろう。最底辺だった好感度が、中の下くらいにはなったはずだ。

最後にちょろっとからかってあげたし、変に近づいてくることもないと思う。

よーし、一件落着っと！　一つ問題が片づいたぞー！

私は晴れやかな気持ちで、好感度が高すぎてヤバい従者二人と屋敷へ入っていくのだった。

これ以上愛が重すぎる人が増えないように気をつけよーっと！

◆
◇
◆

「えぇい、なんなんだ……彼女はっ……！」

——中庭の大木に手をつき、ヴィンセント・フォン・セイファートは苦しげに呻《うめ》いた。

彼にとって女性とは、自分を囃《はや》し立ててくれるだけの存在であるはずだった。

褒め言葉しか言わないメイドたちに、勝手にすり寄ってくる貴族の子女たち……。

生まれてすぐに母を亡くしたヴィンセントにとって、それだけが女性というモノの姿だった。

だがしかし……ソフィア・グレイシアは違っていた。

底辺貴族の娘でありながら、仲間や貧困層を侮蔑したことに激怒し、辛辣な言葉を山ほど放ってきたのだ。

『黙りなさい豚』と言われたのは初めての体験だった。あのとき受けた未知の衝撃を、ヴィンセントは今でも忘れていない。

そんな愚か者に対し、いつかは王子としての力をわからせてやろうと思っていたのだが――、

「っ……愚かなのは、僕だったということなのか……!?」

唇を噛み締めながら、ヴィンセントはポロポロと涙を流した。

〝アナタは国を代表する『王族』なのよ……!? そんなアナタから蔑まれたら、いずれそれは風潮となり、貧しい人たちは国全体から迫害されることになってしまうわ……！〟

彼女に糾弾されるまで、まったく気付いていなかった。

圧倒的な地位を誇る『王族』として、これまで軽はずみに行ってきた差別的発言。

まるで巨人が人間を小人扱いするように、差別という意識すらなく放ってきた言葉の数々が――やがて国民に広がり、国家の和を乱す可能性があったなんて……！

「クソッ……僕は……僕は……！」

白い握り拳を大木にぶつけるヴィンセント。

本当に、頭をガツンと殴られたかのような思いだった。精神的に未熟な彼であるが、今までの言動が国家の不信に繋《つな》がっていたかもしれないと思えば、さすがに反省せざるを得ない。

そして何よりも……家族である父王や彼を補佐する二人の兄たちが、そのことを教えてくれなかったのがショックだった。

彼らはヴィンセントを国政に一切関わらせようとせず、ソフィア・グレイシアとの決闘で負けた際にも、淡々と『恥を晒《さら》した責任を取り、騎士団を辞めろ』と告げただけであった。

――〝自分の間違いは自分で気付け〟と言外に言われているのかもしれないが、ヴィンセントは直感的にわかっていた。

所詮、王位から最も遠い『第三王子』である自分は、まったく期待されていないのだと。家臣たちからも甘やかされ、好き放題に育てられたのがその証拠だった。

だが、しかし。

「……ソフィア……ソフィア……っ！」

そんな自分を、ソフィア・グレイシアは叱りつけた。初めて、叱りつけてくれた……！

しかも彼女は差別的な風潮を生まないために、あえて過剰な物言いをしていたというのだ！

これまで出会ってきたメイドや貴族の娘たちは、誰もが王族から気に入られることしか考えていなかったというのに……ソフィア・グレイシアは貧民層を守るために、自身が恨まれることさえ覚悟していたのである……！

なんという高潔な精神――まさに貴族としての鑑《かがみ》……！

その真実を知った瞬間、ヴィンセントは自分が恥ずかしくて恥ずかしくて堪《たま》らなくなった。

それと同時にこうも思う。

ハオ・シンランという最上級魔法使いと死闘を繰り広げ、多くの人々を守り抜いた『国の英雄』……そんなお堅い称号は、ソフィアには相応しくないと。

なぜなら彼女は、ポロポロと涙をこぼしながら『もう誰も傷つけたくはない』と呟《つぶや》く、優しい心の持ち主でもあったのだから……！

まるで澄み渡る水のような……あんなに綺麗《きれい》な涙が流せる者なんて、清らかな心の持ち主か役者顔負けの生き汚い悪女だけだろう。もちろん前者だとヴィンセントは信じている。

そんな彼女を称するならば、まさに『聖女』と呼ばざるを得ない――！

「あぁ……聖女、ソフィア……！」

熱くその名を口にしながら、力強く顔を上げるヴィンセント。

キラキラと光るその瞳には、一つの意思が燃え盛っていた――！

「聖女ソフィア……！　僕の悪いところをもっと言って欲しいッ！　僕はもっと……キミに叱られたいッ！！！」

十六年間生きてきた中で、女性に対してこんな気持ちになるのは初めてだった――！

特に、ソフィアの最後の表情が忘れられない。

おそらくは年下だというのに、まるでお姉さんのような顔つきで、『フフッ、励ましてくれてるのね』とからかってきたあの表情……！

それを思い出すたびに、ヴィンセントの背中にゾクリと謎の高揚感が走る――！

「まさかこれがっ……恋だというのかぁぁあああッ！」

高鳴る気持ちを抑えきれず、空へと叫ぶヴィンセント。

……かくしてソフィアの思惑は全て裏目に出て、歪《ゆが》んだ愛を持つ男がまた一人増えたのだった……！

調子こいて童貞を騙《だま》した結果がコレである。そんなことも知らず、ソフィアはのんきに屋敷に上がり込むと、ご飯をお腹いっぱい食べてお昼寝をかましたのだった……。

第十一話　首都ネメシス！

「さぁ、着いたぞソフィア！　ここがセイファート王国の首都『ネメシス』だ！」

「わぁ……！」

屋敷に泊まった日の翌日。白馬に乗ったヴィンセント王子に導かれ、私たちの馬車はついに王都へと辿《たど》り着いた。

はえ～……商業都市も立派だったけど、ここはもっとすごいなぁ……！　とにかく建物はめっちゃ高いし、人は溢《あふ》れかえってるし、さすがは王様の住んでる街って感じだなぁ……！

よ、よーし、街を歩く時は田舎者オーラが出ないように気をつけよっと！　元は根暗女だもん、悪目立ちするのは恥ずかしすぎるからね！

「ほらウォルフくん、王都に着いたよー？　降りるから起きて起きてー！」

「んぁぁ……柔らかいからもう少し……」

「だーめ」

お膝でグースカ寝ているウォルフくんを退《ど》けつつ、馬車から降りようとした時だった。ヴィンセント王子が、そっと手を出してきたのだ。

「えっ、王子……？」

「そら、早く手を取るがいいっ！　……僕は一応、王国からの使者だからな。馬車から降りる時に君がよろめいてしまわないよう、気を回さなければいけないだろう！　べっ、別に君の手を握りたいとか、そういうつもりはないんだからな⁉」

プイっと顔を背けながら、頬を赤くするヴィンセント王子。

……って、えええええええええええッ⁉　えっ、なに⁉　昨日は私に対して怨みマックスだったのに、なんでそんなにあからさますぎるツンデレな態度になってるのッ⁉

私、そこまで好かれるようなことはしてないよね⁉　むしろ『王子様のせいで貧民が差別されたらどうするんですかぁ！』って感じの苦言を言ったり、最後にチョロっとからかったりして、嫌われはしなくても苦手に思われるようなことしかしてないよね⁉　好感度が中の下くらいになるよう調整したよね⁉

えっ、えっ、何がヴィンセント王子の琴線に触れちゃったの⁉　ウォルフくんやウェイバーさんみたいに溺愛されすぎるのは困るんだけど⁉

……と、とりあえずもう少しだけからかって好感度を下げておこっと！

私はヴィンセント王子の手を取りながら、クスリと笑って囁《ささや》いた。

「フフッ、王子様ってば手が震えているわよ？　もしかして……緊張してたり？」

「ハウッ⁉　そ、そんなわけないだろうがぁあああああああ！！！」

おーヴィンセント王子が怒鳴った！　これは苦手に思われること間違いなし！

よしよし、念のためにもう一発畳みかけておこっと！

私は馬車から降り立つと、ピンと指を立てて王子様に言い放つ。

「こーらっ。アナタは王族なんだから、ちょっとしたことで怒鳴り声を上げちゃいけないわ。私と約束できるかしら……ヴィンセントくん？」

「ヌァフッ⁉　ヴィ、ヴィンセントくんッ⁉　お、王族である僕をそんな親しげに呼んで、しかもまるで……『姉』のような態度で、叱るなんて……！　叱って、くれる、なんて……ッ！」

よーしよしよし！　ヴィンセントくんってば怒りと恥ずかしさからかビックンビックン震えてる！

これはもう好感度の下落間違いなしでしょ！！！

ヴィンセントくんってお兄ちゃんが二人いるから、きっと弟扱いにはウンザリしてるはずだよね！

絶対に家族から甘やかされてるはず！　それに叱られ慣れてないだろうから、こんなことを言われちゃったら屈辱に感じるだろうな～！

うふふっ、もしも彼がマゾで家族愛に飢えてるとかだったらもう墓穴を掘りすぎて大惨事もいいところだけど、ワガママ放題な彼に限ってそんなことはないよね～！　というわけで問題解決っと！

いえい！

私は顔を真っ赤にして立ち尽くしている王子様をスルーし、ウェイバーさんに声をかける。

「それじゃあウェイバーさん、これからどうすればいいのかしら？」

「ええ、ひとまず王室御用達《ごようたし》の最高級ブティックに向かい、着つけを行っていただきます。アナタ様用に国王自らがドレスを用意してくださったそうなのでご期待ください。そして夜になりましたら、王城のほうで開かれる定例パーティーの場で、勲章の授与が行われることになっております」

ひっ、ひえ〜⁉　パーティーの場でってことは、上流階級の人たちがいっぱい集まってるってことでしょ⁉

そんなところに底辺令嬢が突撃したら、みんなからいじめられること間違いなしだよ……！　ご飯食べて勲章貰《もら》って早く帰ろっと！

とんでもないことになっちゃったな〜と内心緊張していると、ウェイバーさんが何やらモジモジし始めた。

えっ、なに⁉

「どうしたの、ウェイバーさん？　他に何かあるの？」

「あっ、いえ、その……くだらないことを言いますがね……？　私のことも、『ウェイバーくん』と呼ばれてもいいのですよ……？」

って何言ってるのこの人ッ⁉　(肉体的には）十五歳の私よりも十歳近く年上だよね⁉　同い年くらいのヴィンセントくんや、二十歳くらいだけどピュアピュアのウォルフくんならともかく、ウェイバーさんはなー……うーん……。

「やはり、ダメでしょうか……？」

「そ、そんなことないよ！　じゃあ、えっと……ウェイバーくん？」

「ハゥアッ!?」

……謎の叫び声を上げながらビックンビックンと震えるウェイバーさん。

本当に変な人になっちゃったなぁと、私は深く溜《た》め息を吐《つ》いた。

◆
◇
◆

――首都に到着後、（夢見心地な）ウェイバーと共にブティックに向かうソフィア。

そんな彼女とは別行動を取り、ウォルフとヴィンセントは市場を練り歩いていた。

「――だからテメェついてくんじゃねーよヴィンセント！　俺、テメェのこと嫌いなんだよッ！」

「えぇい黙れウォルフ！　僕だってお前なんかのことは大嫌いだが、王国からの使者として見守らなくちゃダメなんだからなっ！　お前も一応、英雄の一人なわけだし。ケガでもされたら責任問題だ」

「あぁ？　テメエ、そんなに仕事熱心なヤツだったか？」

「う、うるさいっ！」

ギャアギャアと口喧嘩《げんか》を行いながらあちこちの店を覗《のぞ》いていく二人。

……本人たちは気付いていないが、彼らは道行く者たちから注目の的になっていた。

性格はともかく、顔つきだけならトップクラスに整った王子様二人である。そうなるのも当然のことだろう。

そんなことも知らず、ウォルフは異国の商人がやっている露店の前に座り込み、目を輝かせながら物色を始めた。

「おほぉ～！　この女の子の人形なんてソフィアにプレゼントしたら喜ばれそうだなー！　商品名は……お、『ブルブルこけし』って書いてあるな！　へーっ、ネジを巻いたら頭がブルブル震えるんだなッ！」

「なんだウォルフ。市場に向かったと思ったら、彼女へのプレゼントを買いに来たのか」

「まぁーな。ソフィアのやつにはずっと世話になりっぱなしなわけだしよ。……本当は商業都市でゆっくりと選ぶつもりだったんだが、なんか一日で焼け野原になっちまうしよ～……」

「それはなんというか……ご愁傷さまだな」

……観光一日目でテロリストの大暴走に巻き込まれるなど不運すぎる。これにはさすがのヴィンセントも、気遣いの言葉を投げかけるのだった。

そうしてウォルフが謎の人形を買い取っているのを見ていた時だ。ふとそこで、ヴィンセントは気付いた。

「むっ……おい待てウォルフ、お前さっき文字を読んでなかったか!?　それに、金の使い方がわかるのか!?　ずっと王城に囚《とら》われ続け、ろくに買い物もしたことなかっただろうに！」

「あん？　ンなもん、勉強したに決まってんだろうが。……前にソフィアがお前と戦うことになって傷ついたのは、俺が舐《な》められすぎたせいだからな。二度とあんなことが起きないよう、身体《からだ》も頭も鍛えてんだよ」

「っ……そうか」

半月ほど前の一件を思い出し、気まずそうな顔をするヴィンセント。

昨日ソフィアと再会するまでは人生最悪の屈辱を味わった日だと思っていたが、もはやヴィンセントに彼女を恨む気持ちはない。

今にして冷静に考えれば、楽しく飲んでいるところに突然現れ、飲んでいる酒場を薄汚いと言い放つわ仲間を馬鹿にするわ貧乏を笑うわと、傍若無人の限りを尽くしたのだ。どう間違っても紳士の振る舞いだったとは言えない。ボコボコにされて当然だったと、ヴィンセントは改めて猛省する。できるならもう一回ボコられたい気持ちすらある。

「す……すまないウォルフよ。お前にも失礼なことを言ったな……」

「んおっ!?　テメェが謝るなんて気持ちわりぃな!?　いつも王城じゃあ俺のことを見かけるたびに、罵ってきやがったくせによぉ。……まぁいいさ。俺はソフィアと出会ってから生まれ変わったつもりだからな。お前も一から頑張っていけよ、ヴィンセント」

「ウォルフ……！」

ヴィンセントは驚いた。境遇上仕方がないとはいえ、この国の王族を恨んでいたウォルフが、王子である自分に対して気遣うような言葉を使ったのだ。

本当に彼は成長したのだと実感させられる。こけしを手に持つウォルフの姿が、心なしか輝いて見えた。

「ん、なんだよヴィンセント？　欲しいのか、こけし」

「っていらんわそんなの！」

「あぁぁあぁあああああああんッ⁉　俺が一生懸命選んだプレゼントを、そんなのだとぉおおッ⁉　じゃあテメエもソフィアになんか買ってやれよ！　どっちのプレゼントが喜ばれるか勝負だッ！」

「フッ、いいだろう！　僕が選ぶのは……よしこれだぁあああッ！」

そう叫びながらヴィンセントが手に取ったのは、『バラバラ鞭《むち》』という特殊な形状の鞭だった。まるでハタキのように棒の先に鞭が何本もついているのだ。

「ってヴィンセント、武器を送ってどうするんだよ⁉」

「フフン、わかっていないなぁウォルフ！　清貧を好みそうなソフィアのことだ、インテリアよりも実用的なモノを好むに決まっている！　それに鞭ならば剣とは違って、相手を殺《あや》めてしまう可能性は少ないだろう？　ちょっとした悪人を懲らしめる時にぜひとも使って欲しいなぁウンッ！」

「なるほど……へっ、考えたじゃねぇかヴィンセント！　よっしゃ、それじゃあさっそく渡しに行こうぜ！」

「ああ、勝負だ！」

……ブルブル震えるこけしと鞭を手に、元気に駆けていく王子二人（※センスゼロ）。

かくして数時間後、二人からのプレゼントを笑顔で受け取ったソフィアであったが、内心では「この二人、私に何を求めてるのッ⁉」と戦々恐々としたのだった。

第十二話　国王降臨

――星々の照らす夜の王都。その中央に位置する王城内にて、貴族たちのパーティーは開かれていた。

会場に集まった王国有数の貴族たち。中でも父親に連れられてきた貴族令嬢たちの話題は、一人の少女に集約していた。

「……詳しくはまだ知りませんけど、グレイシア家といえば痩せた土地を与えられた貧乏男爵家でしょう？　そんなところの娘がテロ集団から商業都市を救っただなんて、信じられませんわ……」

「いえいえっ！　グレイシア領といえば、領地を追われた罪人のような連中が流れ着く場所ですよ？　もしかしたらソフィアという女、報酬欲しさがために、領民たちを使ってテロ騒動を自作自演したのやも……！」

「あら、こわいこわい……」

忍び笑いを漏らしながら、様々な臆測を口にする貴族令嬢たち。

噂《うわさ》の英雄『ソフィア・グレイシア』についての前評判は、決して良いモノとは言えなかった。

なにせ貴族社会から孤立した底辺貴族の娘である。そんな存在がいきなり偉業を成したと言われても信じ難いし、何よりも面白くなかった。

「フンッ、何やら最上級魔法使いの率いるテロ組織を全滅させたと噂になっていますけど、そんな連中を一夜で滅ぼせるわけありますか！　どうせ運よく夜盗の群れを撃退できたくらいでしょう。それくらい、魔法の英才教育を受けてきたわたくしだってできますわ！」

「まぁ真実はどうあれ、それなりに腕が立つことは確かなんじゃないかしら？　ですがそうなると……はてさて、ソフィアという子はどれほど厳《いか》つい容姿をしていることやら……！」

「冒険者などをやっている野蛮な娘だそうよ。どうせドレスなど着慣れていないでしょうねぇ」

いくら悪口を言ったところで、交流のないグレイシア家を庇《かば》う者など誰もいない。

そうして少女たちが、『どんな珍獣が出てくることやら』と嘲笑を浮かべていた……その時。

「――ソフィア・グレイシア様が到着いたしました。皆様、どうか盛大にお迎えください」

会場に響いた怜悧《れいり》な声に、令嬢たちはハッと入り口のほうを見た。そこには全女性が憧れる『氷の執事』、ウェイバーが立っていたからだ。

心なしか普段よりもさらに冷たい彼の表情に、令嬢たちが見惚《みと》れていた次の瞬間――姿を現した少女の容姿に、誰もが言葉を失うことになる……！

「なっ、彼女がソフィア・グレイシア……？　卑しい貧乏領地の娘ですって……!?」

――どうせ平民まがいのみすぼらしい子に決まっている。そんな貴族令嬢たちの予想は、一瞬にして吹き飛ばされた。

傷一つない純白の美貌に、結い上げられた真紅の髪。静かに輝く蒼い瞳が、目を引きつけて離さない……！

さらには身に纏《まと》っている衣装も素晴らしかった。胸元や肩の大胆に開いた薔薇《ばら》のようなドレスが、狂おしいほど彼女の魅力を引き立てていた。

少女らしい幼さと大人のような妖艶さを混ぜ合わせたソフィアを前に、誰もが絶句するしかなかった。

「う、嘘《うそ》でしょう……まるでどこかの姫君じゃない……！」

呆然《ぼうぜん》と呟《つぶや》いた誰かの言葉に、その場にいる全員が同意する。

貴族令嬢だからこそわかる。あの美貌は、あの美髪は、幼少期から手間暇をかけて丁寧に磨き抜かなければ手に入らないものだ。そして何より、ソフィアは明らかにドレスという高級衣装を着慣れている様子だった。

凍りつく会場の者たちを前に、ソフィアはドレスの端を摘まみ、優雅なしぐさで一礼する。

「ソフィア・グレイシアと申します。どうか皆様、お見知りおきを」

……もはや、彼女を嗤《わら》う者は誰もいない。

慣れた様子で執事ウェイバーを引き連れて歩むソフィアを前に、誰もが呆然と立ち尽くしてしまうのだった……！

◆　◇　◆

——うっ、うぎゃあああああああああああッ!?　なんか会場の空気が凍りついてるんですけどぉおおおおおおッ!?

静まり返った貴族たちを前に、私は心の中で泣きそうになっていた……！

だってみんな私を凝視しながら、なんとも言えない表情で固まってるんだもん！

これ絶対に「うわぁ～、なんか貧乏オーラ全開の珍獣が入ってきたよ～……！」とか思われてるよね!?

それともあれかな!?　小さい頃からソコソコお金持ちの人と結婚するために磨いてきた容姿を見て、「う、嘘でしょう……まるでどこかの娼婦《しょうふ》じゃない……！」とか思われてるのかな!?　あひぃーッ!?

薄汚い理由でごめんなさいッ！

うぅぅうぅ……国王様が用意したっていうこのドレスも、なんかいろいろとおっぴろげですごく恥ずかしいけど……でも、ここでずーっと黙ったままでいるわけにはいかなかった！

私は気付いてしまったのだ。思えば私って、女友達が一人もいないことに！！！

前世もボッチで今回もボッチとか寂しすぎる！　私だって貴族の令嬢なんだから、優雅に紅茶を飲めるお友達くらい作ってみたいっ！

そんなわけで壁際のほうに固まっている（明らかに心の壁を感じる）貴族令嬢のみなさんと、お話をしに行こうと思った——その時、

「よーし着いた着いたー！　ってうぉおおおおい、ソフィア殿ではないかー！　がっはっはっはっ！美人がさらに美人になったなぁ～！」

——ドスンドスンと足音を立て、堂々と入場してくるダンディな男性……！

王国屈指の権力者、ダーニック公爵閣下が声をかけてきたのだった！

ってああああああああああ!?　さらに貴族令嬢のみなさんの表情が強張《こわば》っちゃったんですけどぉおおおッ!?

「っ、ダーニック様……商業都市ではどうもお世話に……」

「こらこらっ、もっと気楽にせんか!?　というか世話になったのは我輩《わがはい》のほうだ！　これでも我輩、公爵であると同時に連合商会のボスでもあるからなー！　だいたいの願いは叶えてやるぞ～！　たとえば——お前の悪口を言った奴を、破産させてやるとかなぁ……！」

ってこわっ!?　もうっ、そういう冗談やめてよ——！　ほら、貴族令嬢の人たちめっちゃ顔を青くしちゃってるじゃんッ!?　そもそも誰も悪口なんて言ってないし！

まぁテキトーな性格っぽいこの人のことだ……みんな冗談だってわかってるだろうけど、念のために令嬢さんたちを安心させようと軽く手を振ると、みんな蜘蛛《くも》の子を散らすようにどこかへ逃げて

行ってしまったのだった……！

ってあああああああああああ⁉　友達作り計画がぁあぁあああ！！？　なんでこうなるわけ
────⁉　もっと空気読んでよダーニック様ーっ！

はぁ……ウォルフくんとヴィンセントくんはセクハラみたいなプレゼントを贈ってくるし、ウェイバーさんはアッパラパラパーだし、私の周りの男の人ってなんで変な人ばっかりなのよぉ
────‼　私、友達ゼロ人続行っ！　うわぁあああああああんっ！

前世から続く友達ゼロ人の運命を覆せず、私が内心泣き喚《わめ》いていた時だ。

そんな私に近づいてくる二人の男の子がいた。

「よぉーソフィアー！　って、商業都市にいたオッサンもいるじゃねぇか⁉　また一緒にメシ食いに行こうな！」

「こらウォルフッ、ダーニック公爵に向かって馴《な》れ馴れしいぞ⁉　その人は財界の重鎮だぞッ！　ていうか一緒に食事したのかッ⁉」

「おう、安くてうまい定食屋に連れて行ってやったぜ！」

「って公爵殿を定食屋に連れてくなッ⁉」

ギャアギャアと口喧嘩《げんか》をしながら、着飾ったウォルフくんとヴィンセントくんがやってきた。

って、うわぁ……二人ともスーツが似合うなぁ……！

特にウォルフくんのほうは新鮮だ。普段着ているボロいコートから飾り気のない黒いスーツに変えただけで、すっごく大人な雰囲気が出ている。

なんだかんだで顔はいいもんねー、ウォルフくん。

「ウォルフくん、正装姿も似合ってるねっ！」

「おう、サンキューな！　ソフィアもいろいろ丸見えですげーぞ!?　なんつーか、ムラムラするぜッ！」

「ムラムラッ!?」

……元気な笑顔でとんでもないことを口走るウォルフくん。

色っぽい、と言われてるってことでいいんだろうか？　最近は『自分の名前が書けるようになった～』って喜んでたけど、まだまだお勉強不足のようだ。

特に、その……性知識関連はまったく手つかずのため、早くなんとかしたほうがいいかもしれない。

でも私が教えるのはやっぱり恥ずかしいしなぁ～と思っていると、ヴィンセントくんがわざとらしく咳《せき》ばらいをした。

「ウォッホンッ！　とっ、ところでソフィア。僕の正装姿はどうだろうか!?　赤いドレスのキミと対になるように、青いスーツを着てみたのだが……！」

「えっ、それはまぁ似合ってるけど……ヴィンセントくんはいつも綺麗《きれい》な格好してるから、ウォルフくんに比べてあんまり新鮮味がないかも……？」

「んなッ!?」

「ところでヴィンセントくん。その……やっぱり王子様って、えっちな知識には詳しいの……？」

「なッ、んなななななななななッ!?　にゃッっなにを言ってるんだキミはぁ!?　いやその、あれだぞッ!?　まぁたしかに子孫を残すことは王家の命題ではあるにはあるが、実際にそこまで詳しいかと言われたら経験もないしそこまで――っていやいやいやいやッ、経験もないって何を暴露してるんだ僕は!?　いや違うぞっ、僕は大人の男なんだからなぁあああッ!?」

顔を真っ赤にしながら何やら勝手に自爆をかますヴィンセントくん。

う〜ん、この調子だとウォルフくんの教育係を任せるのは難しそうだ。

まぁ、ウォルフくんの性知識無知無知《むちむち》問題はひとまず保留にしておこう。そのうち何とかなるだろう。

のんきにそんなことを考えていると、不意にダーニック公爵が大きな笑い声を上げた。

「がっはっはっはッ！　さすがはソフィア殿、まさかヴィンセントのやつとも仲良くなるとは思わなかったぞ！　コイツは昔からアレだったたからなぁ〜。なぁ？」

「ア、アレとはどういうことですかダーニック公爵ッ!?　僕は昔から優秀で真面目でッ……いや、まぁ、今思い返したら、真面目ではなかったですけどね……ええ……」

「おおおおぉぉっ!?　まさかヴィンセントが反省を覚えるとはッ！　……とっくに見放していたのだが、本当にすごいことをしてくれたなぁソフィア殿……！　そなたには心から感服するばかりだ……！」

ってダーニック公爵、すっごい尊敬の籠った目で私のことを見てるッ!?

いやいやいやいやいや違いますからッ！　私そこまで何もしてませんからッ!?　「決闘だ〜！」って絡んでくるのがうざかったんで、ちょ〜っと苦言を言って遠ざけようとしただけですからッ！

お願いダーニック公爵……商業都市で（バトルするのがダルくなって）住民全員を戦わせたことを好意的に解釈されちゃったり、もうそういうのは勘弁だから！　本当は薄汚いのに妙に評価されちゃうと、良心めっちゃ痛んじゃうからぁぁあああああ……ッ！

そんな私の内心をよそに、男性陣は楽しそうだ。執事のウェイバーさんも交じり、私を囲って和やかに談笑し始める。

「フフッ。どうしようもなかったヴィンセント様も、ソフィア嬢のおかげで少しはマシになったようですね。さすがは我が主、ソフィア嬢……！」

「王子である僕に向かってどうしようもないとはなんだッ!?　……ていうかウェイバー、お前は逆におかしいことになってないか……？」

「なんでもいいけど、お前らソフィアにはあんまり近づくなよッ！　こいつは俺の女なんだからなッ!?」

「がははははっ！　モテモテだなぁ～ソフィアよ！」

わいわいと話すイケメンたち。ダーニック公爵もダンディなイケオジだし、なんというかこの人たちに囲まれてたら美的感覚がおかしいことになりそうだ……！

……ちなみにこの状態で近くにいた貴族令嬢グループに視線を向けたら、もはや嫉妬を通り越して魂の抜けきった表情でこちらを見ていた。

ですよねーッ！　そうなりますよねーッ！　うわあああああん！　もう女友達なんて作れないよぉおおおおおおおおおおお！！！

めでたくボッチが確定し、ちょっぴり泣きそうになっていた――その時。

「――ふむ、どうやら今宵の夜会はずいぶんと盛り上がっているようだ」

威厳を孕《はら》んだ美声と共に、入り口の扉が押し開かれた。

はたしてそこに立っていたのは……黄金の髪を腰まで垂らした、長身の美丈夫だった。

彼が現れた瞬間、私とウォルフくん以外の者は一斉に表情を硬くし、会場の空気が張り詰めていく――！

そんな周囲の反応だけでわかった。

ああ、そうか……この人が……！

「私こそがこの国の王、ジークフリート・フォン・セイファートだ。……はじめましてだな、ソフィア・グレイシアよ……！」

そう言って『王』は、獅子《しし》のような堂々とした歩みで私に近づいてくるのだった。

「っ……！」

悠々と歩み寄ってくる国王陛下を前に、私は身体《からだ》を硬くする。

第三王子であるヴィンセントくんなどとはオーラが違う。近づいてくるごとに息が詰まり、あの人から視線が逸《そ》らせなくなっていく……！

そうしてついに、王は私の目の前にまで来ると――

「ああ……聞いていた以上に麗しいな、君は……！　その顔をもっと私によく見せてくれ……！」

指先で私の顎を持ち上げ、唇が触れ合いそうなほどにまで顔を近づけてきたのだった！

って、近い近い近い近い近い近い近いッ!?　意味わからんほど綺麗な顔がすっっっごい目の前にまで来てるんですけどぉおおおおおおおッ!?

うわすごっ、瞳まで金色だしどうなってんのこの人……!?　ていうかまだまだ近づいて……あっやばっ、唇当たっちゃう唇当たっちゃう〜〜〜!?

身じろぎしようにも、王様の手は私の腰にガッツリ回されていて動けない！

いやこれ本当にどうしようかと思った――その時、

「やめろクソ野郎ッ！　俺の女に手を出すなッ！」

ウォルフくんが私の腕を掴《つか》み、無理やり胸の中へと引き寄せた！　ふぁああ、助かったー！

「大丈夫かソフィア!?　あの野郎、キスなんてしたら子供ができちまうだろうがッ！」

「う、うん……!?」

うわぁキスしたら子供ができちゃうと思ってる男の子初めて見たッ!?　ウォルフくん（二十歳くらい）の性知識は壊滅状態だー！

正直ベッドに連れ込まれたり胸に顔を埋められたり服の上から吸われたり首筋舐《な》められたり噛《か》まれたり、ウォルフくんにはキスよりよっぽどママになっちゃいそうなことをされてるけど、とにかく助けてくれてありがとうね！

ああ……でもさすがに、王様に向かって『クソ野郎』はまずかったと思うよッ!?　当然ながら、そ

んなことを言ったら、

「なっ……なんだぁ貴様ー⁉　国王陛下に向かってなんて口をッ！」

「獣人風情は黙っていろー！」

固唾を呑《の》んでいた他の貴族たちが騒ぎ出す。仕方ないけど、こうなるのは目に見えていた。

なぜならここは王城。そこで開かれているパーティーの場なのだから、集まっているのは大臣など国王の第一臣下の人たちばかりだ。忠誠心も相当なものだろう。それに……私はまったく気にしていないが、獣人族のことを疎んでいる貴族層は多いと聞く。私を助けるためとはいえ、そんな存在が王を罵倒すれば大騒動だ。

「貴様、国王陛下に拾われたという『狂犬ウォルフ』だな⁉　恩知らずの薄汚い異種族め……いよいよ追い出されたと聞いたが、まだ王城内をうろついていたか！　そもそも誰なのだ⁉　貴様のようなものをこの場に連れてきた愚か者は⁉」

華やかなパーティー会場に、悪意に満ちた声が溢《あふ》れかえっていく。

しかしその時――不意にジークフリート国王陛下が指を鳴らした。

するとウォルフくんのことを『薄汚い異種族』と呼んでいた貴族が、見えない手に圧し潰されるかのように床に叩《たた》きつけられたのだった……！

「ぐぎゃぎぃいいいいいいいッ⁉　な、なに、が……ッ⁉」

「――黙りたまえ」

ざわついていたパーティー会場に、王の声が響き渡る。その瞬間、背筋に緊張と恐怖が走り、誰もが口を固く閉ざした……！　ウォルフくんへの罵詈《ばり》雑言は、一瞬にして終息する。

「さて……知らない者もいるようだが、ウォルフを夜会に招待したのはこの私自身だ。すまなかったね、どうやら君の主君は『愚か者』らしい」

「なっ、ななっ、め、滅相もございませんッ！　先ほどのはそのっ、言葉の綾《あや》でッ!?」

「いや結構。合わない上司の下で働くのは相当なストレスだろう。——君は今日限りでクビだ。貴族の地位と領地の全てを没収させてもらおうか」

「そっ、そんなぁあああああああああああああぁあああッ!?」

……絶望の叫びを上げる貴族の男。その光景を前に、誰もが黙り込むしかなかった。ウォルフくんを糾弾していた者たちは全員冷や汗をかきながら硬直し、「運が悪ければああなるところだった」と、一瞬にして全てを失った貴族の男に憐憫《れんびん》の目を向けるのだった。

……ってこッッッッわ!?　この場に呼ばれてるってことは相当な地位の人間であるはずなのに、ちょっと言葉をミスっただけで全財産没収とか溜まったもんじゃないよ……！

うわぁ～、私も失礼がないよう気をつけよ……ッ！　もしも貴族の地位を剥奪されたら、貧乏令嬢からただの貧乏になっちゃうし！！！

よ～しこれまでどうにか上手《うま》く（上手く？）やってきた私の底力を見せてやるッ！　絶対にクビにはならないぞーッ！

そう覚悟を決めた時だ。荒れていた部下たちを（力ずくで）黙らせた国王陛下は、朗らかな笑みを私に向けてきた。

「いやすまない、見苦しいところ見せてしまったね。先ほども失礼なことをしてしまった。ソフィアくん、君があまりにも麗しかったから、つい……ね」

「──いえ、お戯《たわむ》れだとわかっていましたから。それに、私も陛下の綺麗なお顔をたっぷりと見られて、満足でした」

そう言い放つと、再び他の貴族たちがざわつきだす。まぁ最高権力者に向かって軽口じみたことを言ったのだから当然だろう。

しかし、とうの国王陛下は笑みをさらに深くして、愉快げに私の肩を叩くのだった。

「はっ……はははははははははっ！　それはそれはっ！　いやはや、お褒めに与《あずか》り恐悦至極というべきか!?　君は本当に肝が据わってるなぁ！　いやぁ素晴らしい……。実に面白いぞ、ソフィアくん！」

ッよっしゃぁああああああああッ！　好印象ゲットだぜぇえええええ！　オラァ見たか貴族どもーッ！

事前の話で、とにかくジークフリート様は面白いモノ好きの変人って聞いてたからね。それもウォルフくんに毎日襲撃を命じるくらいのヤベェ奴だ。だったらカタっ苦しい態度は逆効果だと思っていたのだ！

それに……なんたって私は、商業都市を救った『英雄』としてこの場に呼ばれてるんだからね！だったら多少は無礼講だッ！　ガンガンいって好印象を勝ち取れッ！　陛下のお気に入りになってみせるのだッ！　そしたら大金が貰《もら》えるかもしれないしね～！　うふふのふーっ！！！

「フッ……久々に笑わせてもらったよ。さて、それではソフィアくん。そろそろ君のことを紹介するとしよう」

陛下は私の肩に手を置くと、会場の貴族たちへと言い放つ。

「諸君、注目したまえッ！　……我が王国の要である商業都市を半壊させたテロ騒動。あれを解決に導いた立役者こそ、このソフィア・グレイシアである！」

『おおおおおぉぉぉぉおおおおおおお……ッ！』

王様の発表にどよめきが走った。前世ではまったくご縁のなかった上流階級の人たちが、こぞって私に注目する。誰もが口々に「あんなに年若い少女が……!?」「グレイシア家といえば、あの貧乏領の……!?」と驚きの声を上げていた（貧乏で悪かったなチクショウッ！）。

そうしてざわつく貴族たちに、王様はさらに言葉を続けた。

「ハオ・シンランという男が起こした未曽有の事件……この解決にもっとも尽力したのがソフィアくんだが、彼女以外にも獅子奮迅の働きをした者たちがいる！　それがこちらの二人、我が執事であるウェイバーと我が飼い犬であるウォルフだ！」

王様の紹介に冷たい顔をさらに冷たくするウェイバーさんと、仏頂面で鼻を鳴らすウォルフくん。うわぁ、それなりに付き合いが長いおかげで、二人の考えが手に取るようにわかるよ……！　絶対あの二人、『私はソフィア様の執事だ！』とか『俺はソフィアの番犬だ！』とか思ってるよね……！

ちなみに貴族たちのほうも、この発表には複雑な顔をしていた。

ウェイバーさんだけならともかく、立場の悪い獣人族のウォルフくんが英雄扱いなんだからね。ついさっき思いっきり罵っちゃった後だしさ。

というわけで、会場が微妙な空気に包まれたのだが……それを平然と打ち破るのが、我が王国のブラック上司・ジークフリート様である。

「どうした諸君――さっさと讃《たた》えたまえ」

『ぉッ、おおおおおおおおおおおおおおおッ！　さすがですぞウェイバー殿、ウォルフ殿ォオオオオオオオオオッ!!』

冷や汗を浮かべながら盛大な歓声を上げる貴族たちッ！　うわぁぁぁぁぁあ、こんなパーティーの盛り上げ方があるなんてソフィアちゃん知らなかったんですけどぉおおおッ!?

パワハラで差別問題を解決した国王陛下に、私は頭が痛くなりそうだった……！

そんな私の気も知らず、彼は（無理やり）盛り上がる貴族たちを見て満足げに頷《うなず》く。

「ああ、それでいいのだ。……僻地《へきち》の貧乏令嬢だろうが、貧民街《スラム》の出身者だろうが、敗戦国の異種族だろうが関係ない。結果を出した者は報われるべきだ。力ある者は、称賛されて然《しか》るべきなのだ。そうした土壌が整ってこそ――私を面白くさせてくれるような強い人間が現れるというものだ……！」

そう言って笑う陛下を見て、私は自然と寒気が走った……！

やっぱり彼は危ない人だ。何も知らない者が今の言葉を耳にすれば、立派な君主論に聞こえるかもしれない。だが私は違うと断言できる。

だってこの人は、自分に恨みを持つウォルフくんを襲撃者として飼うような危険人物なのだから。王である自らが戦場に立ち、いくつもの国を蹂躙《じゅうりん》してきた極限の『戦闘者』なのだから。

「さて、それでは三人の英雄たちに褒美をくれてやらねばな。まずは三人の願いを問うが……ウェイバーよ、君は貧民たちの救済といったところか？」

「……その通りです、陛下。できることならば貧困層の働き口を増やしていただきたい。わずかな補助金のばら撒《ま》きでは、根本的な解決にはなりませんので」

「なるほど、元住民の意見は参考になるな。『貧民街の王子』の願い、しかと承った」

「っ、その呼び名はやめてください……微妙に恥ずかしいので」

不愉快そうに眼鏡を押し上げながら、わずかに頬を染めるウェイバーさん。

そっか、ウェイバーさんって貧民街の出身者だったんだ。だから貧乏令嬢である私のこともやたらと慕ってくれてたんだね。ウォルフくんと比べたらあんまりプライベートな話もしたことないし、今度じっくりと会話してみるのもいいかもしれない。……ウェイバーさん、終始アヘアヘしそうだけど。

そんなことを思っていると、次に陛下はウォルフくんに声をかけた。

「ウォルフよ、君と話すのは久しぶりになるな。冒険者になってからはどう過ごしていた？　何か病気になったりは？　変なものを食べたりはしてなかったかね？」

「ってうっぜーなッ!?　テメェは俺の親かよッ！」

「む？　君の親なら戦争で私が殺したが？」

「あああああああああああああああわかってるよコンチキショウッ！」

口先一つで遊ばれまくりなウォルフくん。もうこの会話だけで二人の力関係がわかるというものだ。

ウォルフくん、可哀想《かわいそう》に……！

「フッ……それでウォルフ、君はどんな褒美が欲しい？　『呪いの首輪』を外して欲しいというのなら、まぁいいだろう。君はそれだけの活躍をしたと思っているからね」

「あぁ？　テメェからの褒美なんていらねぇよジークフリートッ！　……最初にテメェが言った通り、五億の金を稼ぎ上げて自力で自由を勝ち取ってやるッ！　その上で、獣人国の王子としてお前をぶっ殺すッ！　それが俺の願いだ！」

「ほほうッ、やはり君は素晴らしい！　いいだろう、その時を楽しみにしているぞ！」

　ぶっ殺す宣言をしたウォルフくんに、満足げに笑う国王陛下。

　うわぁ金色の瞳をキラッキラとさせてるよ！　やっぱりこの王様、根っからの戦闘馬鹿だ——————！

　その点だけはウォルフくんと似てるなぁと、私はなんとなく思ってしまった。

　かくして最後に、国王陛下は私に問いかけてくる。

「さて、それでは一番の活躍をしたとされるソフィアくん。君の願いはずばり『金』だね？」

「……お恥ずかしながらその通りです。我がグレイシア領は非常に貧しい上、つい先日、父が病《やまい》にかかっていることがわかりました。さらには領民たちの間で流行《はや》り病が蔓延《まんえん》しているとも。その治療費を賄うために、私は冒険者になったのです……！」

　そう語ると、見守っていた貴族たちのほうから少なからず同情の声が上がった。涙を浮かべながら「あんなに若いのに苦労して……！」と呟いたり、特に年配の方々の涙腺に大ヒットみたいだ。

　うん、でもごめんねぇえええええええみなさんッ！　領地のみんなが病気になっちゃったのは、たぶん私のせいなんですよぉおおおおおおおおおおッ！　モチモチになったお父様が病気になったのは半分自業自得だけど、他の人たちが病んじゃったのは間違いなく私が失敗作の回復薬をばら撒いたからですからぁぁあああああッ！　ウワーンだから同情しないでぇえええええええ！　心が痛むぅううう！

改めて感じる罪悪感のせいで、目尻に涙を浮かべていた時だ。なんとパワハラ鬼畜トンチキ野郎だと思っていた国王陛下が、そっと指で涙を拭い取ってくれたのだ――――！

目を合わせると、彼の金色の瞳には優しい光が……！

「そうか、そうか……苦労したね、ソフィアくん。きっとそうした環境が君の慈愛に満ち溢れた心を作ったのだろう。君の『聖女』と呼ぶに相応しき活躍の数々は、ウェイバーを通して聞いているからね。よしいいだろう……ダーニック大公と相談し、君には何億でも何兆でも好きなだけ稼げるようにしてあげよう！」

ファッ、ファアアアアアアアアアアアアアアアアアッ!?　億っ、兆ッ!?　うぉおおおおおおおおおおっ何それしゅごしゅぎりゅうううううううう！　やったー！　大金ゲットだ――――――！

私の人生大逆転だぁあああああああ!!　いや〜パワハラ鬼畜トンチキ野郎のジークフリート様にも優しさってもんがあったんですね――――！　気に入られたようでよかったよかった！　このソフィアちゃん、一生ついていきます！　わんわんっ！

予想を超える金額が飛び出したことで、私が有頂天になっていた時だ。……私はふと思ってしまった。

〝好きなだけあげる〞じゃなくて〝稼げる〞ってどういうことかと。

「陛下……稼げるとは……？」

「ははは。いやなに、ポンと金を渡して解決では面白くないと思ってね。それにウェイバーも言っていたことだが、一時的な補助金で急場をしのいだとしても、再び領地に流行り病が蔓延したらどうするね？　……そこでソフィアくんには、稼ぎとなる『土地』を明け渡すことにした」

はっ……土地ィイイイッ!?　どどどどどどゆことどゆことどゆことぉおおおおおッ!?

人生最大の困惑に固まる私に、国王陛下はバッと腕を向けて言い放つ――――！

「王の名において、ソフィア・グレイシアに命ずるッ！　我が王国との戦争に敗れ、祖国を失った異種族たちの新設特区『シリウス』の領主を務めるがいいッ！」

ってはいぃいいいいいいいいいいいいッ!?　新設特区の領主をしろってぇッ!?　い、いきなり何言ってんのこの人――――!?　しかもそこに集まるのは……戦争に敗れて祖国を失った異種族たち!?　え、それってめっちゃ危なくないぃいいいいいいいいいいいいッ!?

もはや話についていけずに呆然とする私。国王陛下はそんな私に顔を近づけ……、

「ソフィアくん……実は異種族たちの扱いに困っていてね。彼らは優れた専門技術を持っているのだが、なかなかこの国のために腕を振るってくれないのだ。今は武力で脅して無理やり働かせている形だが、それだとやはりパフォーマンスは落ちるし、多くの兵士に鞭《むち》を握らせていたらそれだけ人件費もかかるからね。ああ――そこで君だよ、ソフィアくん。君の慈愛の心によって、どうか異種族たちの心を開いてやってくれないかね？　もしも彼らを自在に動かせるようになれば、莫大な利益を生み

出してくれるはずだ」

いやいやいやいやいやいやいやそうかもしれませんけどぉぉぉおおッ!?

「私は君を高く評価しているつもりだ！　我が息子であるヴィンセントや最上級魔法使いのハオ・シンランを討ち倒すほどの実力者でありながら、君の心はとても綺麗で優しさに満ち溢れている。そうでなければウォルフやウェイバーが心を許すものかっ！」

いや満ち溢れてないッ！　満ち溢れてないですよ陛下ッ!?　むしろ打算まみれのクズ女ですよ——!?　ああああああああヤバいヤバいヤバいヤバい！　このままだと変な役目を押しつけられるッ！

ここにきて私は後悔した。調子こいてこんな人に気に入られるべきじゃなかったと……！

国王陛下の目を改めて見れば、そこには私に対する期待の光と——めらめらと燃える『愉悦』の炎が輝いていた。

……まるで獲物を弄《もてあそ》ぶ肉食獣のような瞳だ。ウォルフくんに五億の金を稼いでこいと言ったことと同じで……この人は面白がっているのだ。部下に難易度の高すぎる仕事を与えて、どんなふうにもがくのかを。

思えばウェイバーさんがハオ・シンランを追いかけるのに手を貸さなかったり、仮にも王子様であるヴィンセントくんが好き放題な性格に育ってしまったのを放置していたのも、その結果を楽しむためなのかもしれない。

実際に出会って改めて思った。私は、この人のことが大嫌いだっ！

「さぁソフィアくん、可哀想な異種族たちが君を待っているぞ……！　早く返事を聞かせたまえよ」

「……」

愉《たの》しげに光る黄金の瞳で、私を見つめる国王陛下。

うぎぎぎぎぎぎぎぎ……この若作り金髪ロン毛セクハラおっさんパワハラ鬼畜トンチキ野郎がぁぁああああああッ！　くたばりやがれバァカバァァァアアアカッ！　死ねぇゴミクズーッ！

チクショウッ、この人のことは大っ嫌いだけど、一応この国の王様だ。部下である貴族の私に断るなんて選択はできない。

でもでもでもでも諦めて頷くのもアウトだ！　憎悪マックスの敗戦集団をまとめ上げるなんて無理すぎる！　その日のうちに暴動起こされてお終《しま》いだッ！　どうにか処刑されないギリギリのラインで国王陛下に嫌われて、この命令をなかったことにしないと！

いっそウッカリと言ってワインでもぶっかけてみるか……？　そんなアホな考えが頭を過《よ》ぎった──その時、

「あ、わりぃジークフリート。手が滑ったわ」

バシャリ、と。国王陛下の綺麗なお顔に、紫色の液体がかかった──！

気付けばウォルフくんが、空になったグラスを持って怒りの表情を浮かべていた。

「ウォ……ウォルフくん……!?」

って、アナタ何やっちゃってのぉおおおおおおおおッ!? いやまぁ私もぶっかけてやろうかと思ったけど、さすがにマジでやっちゃうのはどうかとぉっ!?

突然の事態に固まる私（と周囲の貴族）。そんな私をよそに、さらに――！

「すいません、私も手が滑りました」

「父上、僕もウッカリです」

バシャリッ、ビシャリッと、固まる国王陛下に向かって追撃のワイン二発が決まったのである――！

なんとウォルフくんだけでなく、ウェイバーさんとヴィンセントくんまでもがグラスを手に国王陛下を睨《にら》みつけていた……！

三人を代表するように、ウォルフくんが言い放つ。

「おいジークフリート……反吐《へど》が出るような道楽趣味もいい加減にしやがれッ！ テメェの遊びで俺を振り回すぶんには構わねぇよ。だがな、よりにもよってソフィアにまで無茶ぶりかまして楽しみやがって！ くたばりやがれクソ野郎ッ！」

うわぁああああああああ!? くたばれとか言っちゃったよウォルフく――――ん!? いや私も心の中で言っちゃったけど、実際に口に出すのはヤバいって――!?

ウェ、ウェイバーさんとヴィンセントくんはさすがにそこまで言わないよねぇ!? だって執事と息子だし！　ね？

「フッ、ウォルフの言葉に同感ですね。死んでください国王陛下」

「父上……レディに危険な仕事を押しつけ、どうして楽しそうな顔をしているのですか？　はっきり言ってゴミクズですね」

って死ねとか言っちゃった⁉　ゴミクズとか言っちゃったぁあああああああああっ⁉　いやいやいや私も心の中で言っちゃってたけど……ってあああああああああもうッ！　三人とも何を考えてるのー⁉

もうもうもう……本当に、もうっ……！　こんなことをしたらどうなるかわからないっていうのに……私みたいな、いつも作り笑いとイイ子ちゃんぶった演技をしてる根暗女なんかのために、王様にまで逆らっちゃって……！

「オラッ、文句があるならかかってこいよッ！　恩人であるソフィアを弄ぶヤツは、俺たちが許さねぇッ！」

「ソフィア嬢こそ恵まれない者たちにとっての希望……そんな彼女の優しさにまでつけ込む貴様を、もはや主人と認めるものかッ！」

「僕は立派な王族になるとソフィアに誓ったのです！　ゆえに父上。今すぐ彼女に謝らなければ、王子として殴ってでもアナタを謝らせますッ！」

怒りと共に魔力を解放する王子たち。漆黒の波動が、深蒼《しんそう》の冷気が、新緑の風が、荘厳なる王の領域に吹き荒れていく。

ああもう、こんなの死刑確定じゃんか……！　三人のアホの子っぷりに私は深く溜め息を吐いた。

「ウォルフくん、ウェイバーさん、ヴィンセントくん……」

断言しよう、彼らは馬鹿だ。……だけどその馬鹿っぷりを馬鹿になんてできなかった。だってこの人たちは今、私のために命を張ってくれているのだから。

本当は暗くて、クズで、もう魔法使いとしての伸び代なんてロクに残っていない私なんかのことを、強くて凛《りん》とした『聖女様』だと信じて、彼らはここに立っている。

ああ――ならば期待に応えるべきだろう。

覚悟は決まった。決意はできた。普段の私ならば「私そんな女じゃないからぁ！」と戸惑うところだが、今はすっごく馬鹿をやってやりたい気分だ！

私はウォルフくんの手からグラスを奪い取ると、国王陛下の――ジークフリートの胸元へと叩きつけたッ！　ガシャンッという音を立ててグラスが砕け散るのと同時に、ヤツに向かって吼え叫ぶ！

「ジークフリート、私もお前が大ッ嫌いよッ！　仮にも獣人族たちの代表であるウォルフ王子を幼い頃から奴隷にしておいて、それで異種族たちが言うことを聞いてくれなくて困ってるぅ？　当たり前でしょうが、馬鹿じゃないかしらッ！　礼儀知らずのクズ野郎に従う馬鹿なんていないわよ馬鹿ッ！」

そう言い放った瞬間、周囲の貴族たちがどよめいた。なんてことを言うんだと顔を青くしているが、知ったことか。黙って聞いてろ！

「そもそも私が呼ばれた原因、ハオ・シンランのテロ事件だってお前の責任でしょう？　ヤツのことを調査していたウェイバーにいち早く手を貸していれば、ここまで事態は悪化しなかったわ。そこら中に戦争を仕掛けて、憎しみの種をバラ撒いて、テロ対策を怠った結果が重要都市の大炎上？　ハッ、よく考えなくても責任問題ね。あぁ怖い……あといくつ『爆弾』が残ってるのかしら⁉」

『ッ――――⁉』

その言葉に、どよめいていた貴族たちは絶句する。当たり前だ……これまで陛下はいくつもの国を侵略してきた。ハオのような恐ろしき復讐《ふくしゅう》鬼が他にもいて、自治領内で大事件を巻き起こす可能性は十分にあるのだ。とてもじゃないが他人事《ひとごと》の話じゃない。

「シンラン公国の王子がテロを起こした話は、やがて国中に広まることでしょう。そうなれば元シンラン公国の人間はどう思うかしら？　この王国を恨む異種族たちはどんな行動に出るのかしら⁉　ねぇ、ダーニック公爵。貴族代表として意見をくださる？」

「うッ、うむ……ヤツに影響されて連鎖的なテロ事件が起こっても不思議ではないだろうな。こうしてパーティーを開いている間にも、領地で暴動が起こっているかもしれん……！」

『ツツッ――――⁉』

ダーニック様の深刻げな声に、貴族たちはビクリと震えた……！

この国の重鎮であり、実際に商業都市を焼き払われた大公閣下のお言葉なのだ。私が言うより、重みというものが圧倒的に違う。

こうして、私が思い描いていた構図は出来上がった。気付けば空気は重くなり、誰もがジークフリートに対して不安げなまなざしを向けるようになっていた。華やかなパーティー会場は一瞬にして、王の無能さを晒《さら》し上げる場に姿を変えたのである。

私は内心ホッとした。ああ……この空気が欲しかったのだ。これでウォルフくんたち三人が処刑されることはなくなるだろう。

これにて彼らの『暴言』は、王に対する『糾弾』へと意味合いを変えた。まぁ言葉が悪すぎたから厳罰処分くらいは受けるかもだが、この空気の中で死刑だなんて叫べまい。そうなれば貴族たちからの不信感は大爆発だ。それに合わせて敗戦国民たちまで暴動を起こせば、冗談抜きで国が滅ぶ。

私は念押しとしてジークフリートの胸元を掴み上げると、強く強く睨みつけながら言い放つ――！

「もう一度言うわクソ野郎！　私はお前のことが大嫌いよッ！　息子であるヴィンセント王子の教育も放棄した駄目男が、偉そうなツラをして王様を気取るな！　人の苦しみを楽しむなッ！　これからも王でありたいのなら、人の痛みを知りなさいッ！」

その瞬間、貴族たちがワッと湧き上がるのを肌で感じた。誰もが心の奥底で望んでいたのだろう。恐ろしき王に対して、誰かが正論をぶつけてくれる時を。

――よーし言いきってやったぜ――――！　ふぅーっ、なんかいろいろ失った気がするけど気持ちいいー！

ここまで言ってやったのだ。十中八九、私は国外追放になるかもしれない。だけどもうそれでもよかった。王様の理不尽な命令も回避できるし、グレイシア領のこともダーニック公爵が世話をしてくれるだろうしね。

これからの未来に不安も残るけど……まぁきっと大丈夫だ。だって私は、多少の勘違いを受けていたとしても――三人の王子様から慕われているような女なんだから！

その自信さえあれば、一人でだって上手くやっていける気がする。

「ふぅ……さぁ王様、言いたいことは言ってやったわ。あとは煮るなり焼くなり好きにしなさい」

ジークフリートの胸元から手を放し、全ての裁決を委ねる。するとヤツは金色の髪からワインを滴らせたまま、心底意外そうに眼を見開いた。

「ハッ……アハハハハハハハッ！　これは予想外だ！　まさかここまで堂々と、誰かから責められる日が来るとは思わなかった！　これでもいくつもの国を終わらせてきた恐怖の大王として、各国からは恐れられているのだがねぇ⁉」

まるで子供のように腹を抱えながら笑うジークフリート。人を弄ぶことに愉悦を見出《みいだ》しながらも、同時に人から噛みつかれることも愉しむその精神構造が恐ろしい。サドでマゾとか無敵かコイツは。

だが、怯《おび》える必要なんてどこにもなかった。いざとなれば頼もしい王子様たちと一緒にぶっ飛ばしてやるだけなんだから！

ゆえに最後まで強気で言いきってやる！

「笑ってんじゃないわよ変態野郎！　私は貴族よ。お前がどれだけ偉大な王様だろうが、間違えていれば諫言《かんげん》を飛ばす。それが本当の臣下ってものでしょう？　……それでどうするの？　私のことが気に入らないなら、決闘でもする？」

「それは………いや、やめておこう。君とはぜひとも戦ってみたいが、諫《いさ》めてくれた部下に拳を振るったら、それこそ王としてお終いだろう。はぁ――今回は私の完敗だ。すまなかったね、ソフィアくん」

これまでの超然とした風貌はどこへやら。苦笑交じりの笑みを浮かべ、ジークフリートは私の肩を優しく叩いた。

それを合図に緊迫高まる雰囲気は解け、ウォルフくんたち三人もフッと身体から力を抜いた。

「へへっ……さすがはソフィアだな。あのジークフリートをやり込めちまうなんてよ。どうだジークフリート、悔しいかぁ⁉　悔しいかー⁉」

「ああ、悔しいさウォルフ。十五年間、口でも拳でも私に負け続けてきた君はこんな気分だったのかな」

「うるせぇよボケがぁあああああああああッ！」

ギャアギャアと騒ぐウォルフくんに、会場の空気が和やかになった。

良くも悪くもうるさいところが彼のいいところだ。ウェイバーさんとヴィンセントくんに諫められている王子様を見て、私もクスリと笑う。

そんな私にジークフリートは改まって声をかける。

「フッ……ではソフィアくん。特区『シリウス』設立の件だが、君が領主を断るというのなら白紙ということで――」、
おほおおおおおおおおやったやったあああああああ！　ああうん白紙白紙！　ホワイトペーパーッ！　いやぁぁあああああわかってるじゃないですか王様――――！　そんな領主の気が休まらない危ない領地は作らず、国全体の異種族たちの扱いをよくしていく感じで行きましょうよ！

まぁ理想論だけど、一点に集めて一気にヘイトを解いていったほうが、効率的にはいいかもですけどね！　それに差別意識っていうのはお偉い様が「なくせ」と言って即日なくなるモノでもないから、それならいっそ人間のいないまっさらな土地を用意して、一から環境を作っていったほうが異種族たちも幸せかもしれない。慣れない土地で孤立してるような異種族もいるだろうし、そうした者にとっては仲間と合流させてくれたほうが嬉しいだろう。

まっ、数が揃《そろ》えば暴動の危険性も高まるから、領主の不安度はマックスになるだろうけどね！　私は領主になる気なんてないしそもそもこの件は白紙だから知ったこっちゃないけどー！　いぇい！


そんなふうに心の中でフィーバーしていた時だ。ウォルフくんがキョトンとした表情を浮かべ、

「は？　何言ってんだジークフリート。テメェの無責任そうなニヤけヅラが気に入らなかっただけで、ソフィアは一度も仕事を断るなんて言ってないだろ」

「ほう、そうなのか？」

って──何言ってるのウォルフく──────んッ!?　私断る気マンマンだよッ!?

マンマンマンマンマンマンマンマンマンだよ!?　むしろジークフリートの顔に腹立つよりも先に、鬼畜パワハラ無茶ぶり案件をどう回避しようか悩んでたよッ!?

「ウォルフくん、それはっ、」

「わかってるってのソフィア！　……ソフィアは俺のことを全く差別せず、いつも気にかけてくれる『聖女』みてぇな女だ。そんなお前のことだから、苦しんでいる異種族たちがいると聞いたら居ても

立ってもいられないだろう。ウェイバーにヴィンセントもそう思うよなぁ？」

「ああ、ソフィア嬢こそまさに『聖女』。危険を承知で引き受けることは明白だ！　ソフィア嬢、これからはアナタだけの執事として、全力でアナタをサポートしましょうッ！」

「僕もついていくぞっ！　真の王族たるもの、『聖女』である君のように異種族たちからも慕われる者にならなきゃいけないからな！」

みんなでソフィアに協力するぞ～と張り切る王子様×3。仲がよいようで何よりだ。

……って、協力しなくていいのよもうッッッ！　心の中では何度も何度も叫んでるけど、私、クズで気弱なただの根暗女だからッ！　『聖女』なんかじゃないんだから――――っ！

全力で断ろうとする私だったが、さらにさらにさらにっ、

「頑張りたまえ、ソフィア殿！　アナタならやれるはずだと信じている！」

「何かあったらぜひとも我らを頼ってくれっ！　力を貸すぞ～！」

……気付けばウォルフくんたちだけでなく、パーティーに集まっていた上流階級者さんたちまでもが、私に声援を飛ばしてくる始末ッ！　ちょちょちょちょちょちょっ、もうやめてよみんなッ!?　こんな空気は欲しくないからッ！　ああもうっ、ここで断ったら私の評価がお終いじゃんか――――ッ！

こ、国王陛下たしゅけて――――っ！

「ハッハッハッ、君は人気者で羨ましい限りだなぁ。その魅力的な人柄で、どうか異種族たちとも交流を深めてくれたまえ。セイファート王国の未来は君にかかっている！　というわけで特区『シリウ

ス』の件は任せたぞソフィアくん！」

って待てやジークフリートオラァッ!?　アンタの尻ぬぐいなんてしたくないわ馬鹿ー！

持て囃《はや》される私を背に向け、笑いながら会場を後にしていく国王陛下。

……こうして私はこの王国に恨みを持つ者たちを取りまとめ、自力でお金を稼がなくてはいけなくなるのだった。

って、どうしてそうなったぁあああああああああああああああああッ!?　それって冒険者やってたほうがまだ安全だったじゃーんッ！

私が普通の女の子になれる日は、一体いつになったら来るわけ――――!?

『頑張れっ、新領主ソフィア――――！』

めでたそうにそんなことを叫ぶ王子様と貴族たちに、もはや私はヤケクソになって応え返す！

「ええ――精一杯頑張るわッ！　異種族たちとの明るい未来を、私は必ず創り上げてみせるッ！」

堂々と叫び上げた瞬間、パーティー会場にワァァァァァアアアアッと歓声が響き渡るのだった。

かくして貧乏令嬢改め、崖っぷち領主のソフィアちゃんがここに誕生したわけである……ッ！

うわあああああああああんっ、誰か私を助けてえええええええええええええええええええええええええええええッッッ！　もうこんな勘違い人生はイヤ――――ッ！

書籍版　書き下ろしスペシャルSTORY

不思議な夜の夢Ⅰ『狂犬ウォルフ』の前世

　ソフィアたち一行が王族に別荘の泊まった夜のこと。ベッドの中でウォルフは不思議な夢を見ていた。

〝金だ、金だ、金だっ、金だッ！　自由になるには金がいるんだぁあああぁッ！〟

　それは、ソフィアと自分が出会わなかった世界の夢だった。

　その世界でのウォルフは荒れに荒れていた。冒険者ギルドのルールを平気で破り、他の冒険者と喧《けん》嘩《か》になることなど日常茶飯事。それでまったく悪びれもしない極悪人だった。

　当たり前である。その世界には、まるで姉のように甲斐《かい》甲斐《がい》しく面倒を見てくれたソフィア・グレイシアがいないのだから。

　彼女には本当に世話になってばかりだ。無知で粗暴な性格ゆえに他の冒険者と喧嘩になりかけても、明るい笑顔を振りまく彼女がいつもその場を取り成してくれた。

（ソフィア……）

ウォルフは夢の中で暴れ狂う自分を俯瞰《ふかん》しながら、どこか物悲しい気持ちになった。もしも彼女と出会わなければ、間違いなく自分はこうなっていただろうと。

――やがて場面は暗転し、風景は夜の酒場に切り替わった。

夢の中のウォルフは荒々しくドアを開けてそこへと入っていく。

その瞬間、酒場の空気が変わった。楽しげに話していた冒険者たちは眉をひそめ、ひそひそとウォルフに対して陰口を叩《たた》き始める。

〝ちっ、『狂犬ウォルフ』のご登場かよ。せっかくの酒が不味《まず》くなるぜ〟

〝人の獲物を平気で奪うわ、希少な霊草を根元から採取して二度と取れなくするわやりたい放題やってるらしいぜ。その上ルールを教えようとしたら、うるせぇってブン殴ってくるって話だ〟

〝めちゃくちゃな稼ぎ方しやがって。アイツが冒険者になってから一年、すっかり稼ぎづらくなっちまったぜ……〟

〝ギルドに何度抗議しようが注意以上のことはしねーし、やってらんねぇよ。王様の飼い犬はそんなに偉いってか？〟

〝グソ獣人野郎が……死ねばいいのに〟

酒場に溢《あふ》れる悪意と憎悪。それらを一身に受けるウォルフだったが、いつものことなのか全て無視してカウンターに座る。

そうして店員の運んでいた料理を無理やり奪い取ると、金だけ放り渡してグチャグチャと手掴《てづか》みで貪り始めた。

……とてもじゃないが見ていられない光景である。店員や客たちが気味の悪そうな顔をするが、夢の中のウォルフはお構いなしだ。彼を導く者が誰もいなかった結果、獣人国の王子は文字通りの『狂犬』に成り果てていた……！

（あぁっ……なんだよこの夢……！　もうやめてくれよ、もう目覚めてくれよ……ッ！）

飢えた獣のように肉を貪る自分を見ながら、悲痛な声を上げるウォルフ。

しかしどれだけ叫ぼうが悪夢から目覚めることはなかった。彼の声は夢の世界にもまるで届かず、ウォルフは呆然《ぼうぜん》と荒れ果てた自分を見せられるしかなかった。

ああ、もう限界だ。最悪の気分だ。そうして彼が、意味はないとわかっているのに『誰か助けてくれ！』と叫んだ、その時。

「――アンタ、気持ち悪い食べ方してんじゃないわよ！　親からどういう教育受けてるわけ!?」

少女の声が酒場に響いた。現実のウォルフと夢の中のウォルフがハッと同時にそちらを見ると、そこにはみすぼらしいフードを被《かぶ》った赤毛の少女が立っていた。

「さっきからグチャグチャバクバクとうるっさいのよもうッ！　ちゃんと口閉じて咀嚼《そしゃく》しろバァァァカッ！　なけなしのお金で買った酒が不味くなるでしょうがっ！　け〜っ！」

……彼女は明らかに酔っぱらっている様子だった。カサカサとした肌を真っ赤に染め、死んだ魚のような青い瞳はまったく焦点が合っていなかった。しかも細すぎる腕の中には酒瓶を抱えているという有り様だ。

まるで絵に描いたような酔っぱらいにいきなり叱られ、夢の中のウォルフもさすがに驚く。

「なっ……なんだよテメェは⁉　俺が誰かわかってて声かけてんのか⁉」

「ん〜？　……どっかで顔を見たことがあるような……まぁいいわ。それよりもアンタ、口とか手とかベッタベタじゃない！　汚いから拭きなさいよ！　ほら、ふきん」

「お、おぅわかった……ってじゃなくてッ！」

酔っぱらいゆえの怖いもの知らずな調子にやり込められていくウォルフ。荒れ狂っていた彼だが、さすがに年下の少女を暴力で黙らせるのは気が引けるようで、どう相手しようか困っている様子だった。

そんな夢の中のウォルフをよそに——現実のウォルフは打ち震えていた。

ああ、間違いない。どれだけ容姿がみすぼらしくなっていようとも、どこか口調が荒々しくて余裕がなくなっていようとも、魂でわかる。

(ソフィア……お前、ソフィアなんだな……っ！)

思わず涙が出そうになった。こんなあり得ない夢の世界でも、ソフィア・グレイシアは自分のことを見つけ出してくれたのだ。こんなに嬉《うれ》しいことはなかった。

彼女は酒瓶をドンと机に置き、夢の世界のウォルフへと詰め寄る。

「酒場はいろんな事情を抱えた人が来るんだから、最低限の行儀くらい守りなさいよ！　私みたいに自殺する前にお酒をいっぱい飲んで幸せな気持ちで逝きたい人だっているんだからね⁉」

「そんなもん知るか……って自殺ッ⁉　おまっ、なにやらかそうとしてんだよ⁉」

「うるっさい！　もう嫌なのよぉ。貧乏な親のせいで無理やり冒険者にさせられて、毎日痛くて苦しくて、それでも全然稼げなくて……こんなみじめな人生が続くくらいだったら……うわぁああぁぁぁぁあんっ！」

怒っていたかと思ったら急に暗くなり、今度は大泣きしてしまうソフィア。

これには狂犬ウォルフもたじたじで、思わず彼女の頭を撫《な》でてしまう。

「よ、よしよしっ、いいから落ち着けッ！　とにかく自殺だけはすんな！　生きてりゃたぶんいいことあるから！」

「うぅ、根拠もないこと言うんじゃないわよ。そういうのは私と違って、実際にいいことあったヤツだけが吐ける言葉だわ……！」

「あぁ!?　俺だっていいことねぇよッ！　戦争で親はぶっ殺されるし、国は潰されて王子から飼い犬にさせられるし、そんで憎い相手からは『五億の金を稼げなきゃ一生奴隷だ』と言われる始末だ。いいことなんて一つもねぇ！」

「そっか……よくわかんないけどアンタも苦労してるのね。じゃあ、来世では仲間になりましょうよ！　一緒にお金をいっぱい稼いだり、その憎い相手ってやつに頭から酒をぶっかけてやりましょ!?」

「おういいぜ！　……って、来世ではってどういうことだよッ!?　俺は自殺に付き合わねーぞッ！」

「うわぁあああああああん一人でなんて死にたくないよぉおおおおッ！」

「いやいやいやそもそも最初から死ぬんじゃねぇッ！」

ギャアギャアと騒ぎ合う別の世界でのウォルフとソフィア。周囲から奇異の目で見られているのも気にせず、いつしか二人はテンションのままに愚痴を吐き合っていった。

「――それでね、参加したパーティーのリーダーが、報酬の分け前を少ししかくれなくて……！」

「そんな野郎ぶっ殺してやればいいいんだよ！　俺もたくさんの連中に恨まれてるが、暴力でだいたいのことは解決すんだよ！」

「むっ……クソザコな私には真似《まね》できない生き方だけど、それいいかもしれないわね。もしも来世で強くなれたら、絡んできたクソ野郎は片っ端からぶっ殺すことにするわ！」

「おうその意気だ！　やっちまえー！」

「やっちまえ～！」

グビグビと酒を飲み交わしながら馬鹿なことを言い合う二人。溜《た》め込んだ愚痴は膨大なようだ。客がまばらになっていくまで、何時間も不満を吐き合った。

――そうして互いに立ち上がることすら難しいほど酔いの回ってきたところで、不意にソフィアがぽつりと呟《つぶや》いた。

「……アナタ、粗暴なくせにいい人ね。冒険者になってからこんなに楽しい夜は初めてな気がするわ。すっかり死ぬ気も失《う》せちゃったかも……」

染み入るような声で言うソフィア。それにウォルフも頷《うなず》く。

「ああ、俺も楽しかったさ。……お前ともっと早くに出会えていたら、今とはまったく違う冒険者生活を送れたかもな。金を稼ぐために協力し合って、ワイワイ仲良くって感じでさぁ」

「……今からでも遅くはないいんじゃないの？」

「ハッ、馬鹿言え。俺は恨みを買いすぎた。たとえ組んでもテメェに迷惑かけちまうだけだよ。つーか酔っぱらいすぎて、明日にはお互い今日の夜のことを忘れてるんじゃねぇか？」

「そんなことは……ないとは言い切れないわね」

しんみりとしていく空気の中、二人はなごやかに笑い合った。

――それがこの世界におけるウォルフとソフィアの、最初で最後の出会いであった。

そうして互いの名も聞かずに別れた翌日、『狂犬ウォルフ』はダンジョンの奥地で死亡した。

死因はモンスターとの戦闘ということにされているが、現実のウォルフは全てを見ていた。

自分のことを恨んでいる冒険者たちに囲まれ、嬲《なぶ》り殺しに合う悲惨な末路を。

〝……あぁ……痛ぇなぁ……〟

地面に倒され、全身を剣や槍《やり》で突き刺されていく中、狂犬は最後まで腕を伸ばし続けた。

あの夜に出会った不思議な少女に、もう一度逢《あ》いたいと願い続けて――。

「――ソフィアッ！」

そこでウォルフは夢から目覚めた。窓から指し込む月光から時刻は未《いま》だに深夜だとわかった。全身を汗で濡《ぬ》らしながら、彼は呆然と起き上がる。

「はぁー……はぁー……ッ！」

荒い息を吐くウォルフ。心臓がドクドクと脈打ち続けて止まらない。痛いほどに喉が渇き、身体《からだ》中が水分を求めていた。

だがしかし、それ以上に今はソフィア・グレイシアに会いたかった！

「ソフィア、ソフィアっ、ソフィアッ、ソフィアー！」

汗にまみれたワイシャツを脱ぎ捨て、ウォルフは客室を飛び出した。

先ほどの夢がなんだったのかはわからない。嫌になるほどリアリティがあり、まるで本当に前世で起きたことなのかもしれないと疑ってしまうほどだ。

そんなありえないことを考えながら、ウォルフはソフィアの部屋に飛び込んだ。

「ソフィア────────ッ！」

「ってふぁあっ⁉　え、なにウォルフくん⁉　ていうかなんで上半身裸なの⁉」

驚きながら跳ね起きる彼女を、ウォルフは飛びつくように押し倒した。

薄いピンクの寝巻から突き出た胸に顔を埋め、深く深呼吸をしてソフィアの匂いを吸い込んでいく。

「ちょっ、ウォルフくん……⁉」

「ソフィア、俺はお前と離れたくねぇッ！　もっとお前を感じさせてくれ────っ！」

「えええええええっ⁉」

驚愕《きょうがく》の声を上げるソフィアを無視し、ウォルフは泣きながら抱き締める力を強くしていった。

寝巻の上から胸の先へとしゃぶりつき、彼女の身体の感触から味まで、全て魂に刻みつけていく。

「んぁっ、ちょっ、寝ぼけてるの⁉　せっかくお酒をいっぱい飲む夢を見てた気がするのに……もうっ！　起きなさーいっ！」

そうして水蒸気爆発魔法で吹っ飛ばされるまで、ウォルフは愛する少女の存在を感じ続けたのだった──。

不思議な夜の夢II『貧民街の王子』の前世

ウォルフとソフィアが深夜にもかかわらず騒いでいた頃、ウェイバーもまた不思議な夢の中にいた。

〝ああ、私の人生は一体なんだったのか……〟

ソフィア・グレイシアと出会わなかった場合の世界。そこで彼は、余命わずかな半死人と化していた。

貧民たちを中心に食い物にする違法組織『冥王星《めいおうせい》』の追跡から三年。ついに彼は、単独でハオ・シランを打ち破ることに成功した。

だがその代償は大きかった。ハオの電撃を何度も浴びたことで肉が蒸発し、内臓のほとんどが炭化。極寒の海のように冷たい瞳も、視神経ごと焼き尽くされてしまった。

のちに国王より最高級の回復薬『エリクサー』を振る舞われたものの完治せず、視力を失ったウェイバーは執事の職を失うことになった。

今は地方にある『ステラ』という街で、死を待つばかりの毎日だ。

与えられた小さな家で日々を過ごすウェイバー。内臓が壊れているせいで毎晩血を吐き、神経を焼かれたことで手足もろくに動かせなくなった結果、彼の心は二年ばかりで疲れ切っていた。

（っ、なんと……哀れな……）

ウェイバーは夢の中で横たわる自分を俯瞰《ふかん》しながら、目を覆いたくなるような気持ちになった。確信する。もしもソフィア・グレイシアと出会わなければ、現実の自分もこうなっていただろうと。

商業都市で『冥王星』を追っていた時、たった一人でアジトの場所に気付けただろうか？　認めたくはないが、ソフィアについてきていたウォルフの協力もあってこそあれほど迅速にアジトに乗り込むことができたのだ。そうでなければハオに逃げられ、何年も身を削りながらいたちごっこをする羽目になっていたかもしれない。

共にハオを追いかける戦力を集めようにも、ウェイバーは所詮貧民街《スラム》の出身者である。その顔立ちから貴族の夫人たちには人気だが、兵を持っているのは彼女らの夫だ。むしろ嫌悪感やつまらない嫉妬から戦力を貸してくれない可能性のほうが大きかった。

そうして孤軍奮闘し続けた結果……その結末が、一人ベッドに横たわる夢の中のウェイバーだった。

瞳を焼かれた闇の中、孤独に生き続けるウェイバー。ときおり世話係の老婆が気を利かせて話しかけてくれるものの、もはや返事をする活力も失ってしまっていた。

その様を見て現実のウェイバーは思う。自分《かれ》はもう、数日の命だろうと。

（なんなのだ、この夢は……こんなものを見せないでくれ……！）

悲痛な声を上げるが、それでも夢は終わらない。変わり映えのなさすぎる灰色の時間が高速で過ぎ去っていく。

起きて、ぼうっとして、下の世話をされて、食べて、吐いて、夜には血を吐き、気絶するように寝るだけの毎日。

ああ……なんだこれは。もうこれ以上は見ていられない。かろうじて呼吸するだけの寝たきり状態になってしまった自分を見ながら、ウェイバーが悲痛な声を上げた、その時。

「――失礼します。世話係のおばあ様が体調を崩したそうで、今日限りですが介護の仕事をしにきました……」

疲れ切った女の声が部屋に響いた。現実のウェイバーがハッとそちらを見ると、そこにはどこかやつれきったソフィアの姿があった！

（ソ、ソフィア嬢⁉　ソフィア嬢ソフィア嬢ソフィア嬢⁉　どうしてここにソフィア嬢――――――⁉）

驚きと共にテンションの跳ね上がるウェイバー。しかし、それはあくまでも現実のほうのウェイバーのみだ。

寝たきりのウェイバーはろくな反応を示さない。

「そうか……好きにしろ」

「はい、好きにします」

……名前も聞かないウェイバーも大概だが、夢の中のソフィアもどこかおかしかった。

ベッドの脇にあった椅子に腰かけ、手にしていたカバンから薬草を取り出して煎じ始めたのだ。狭い部屋の中に草の匂いが立ち込める。

「よく見えないが……薬草を煎じているのか？　私のためだというならやめておけ……もうそんなものは効かない身体だ」

「違いますよ。回復薬を自前で作って、売るんです」

「えっ……？」

まさかの返答に死にかけのウェイバーすら反応した。

世話係として来たこの女は、介護するべき病人そっちのけで売り物にする薬を作り始めたのである。

仕事場に着いてから三秒で内職を始める異次元の勤務態度に、夢の中のウェイバーは絶句する思いだった。

「いや……キミ……たしかに好きにしろとは言ったが……」

「はい、好きにさせてもらっています。……文句があるならぶってもいいですよ？　私、無理やり冒険者にさせられて痛いことには慣れちゃいましたから」

「なに……？」

彼女の言葉に久方ぶりに眉根を動かす。

「……無理やり冒険者にさせられたとは？」

「言葉通りの意味ですよ。我が家にはお金がないため、父から死ぬ気で稼いでこいとこの業界に入れさせられました。そうして頑張ること五年……身体《からだ》に消えない傷跡をいくつも作ったのに、せいぜい稼ぎは一般人の年収に毛が生えた程度です。もしも我が家が普通の家系ならそれでもいいのかもしれませんが……あいにく私の父は貴族ですので。『稼ぎが足らない』『領地が潰れてしまうだろうが』と文句の手紙を寄こすばかりで、まるで心配しやしない」

――こんな人生なら、生まれてこないほうがよかった。

そう呟《つぶや》く女性を前に、現実のウェイバーと夢の中のウェイバーは同時に固まった。

彼はずっと思い続けてきたのだ。貧しさに苦しむ者を全て救いたいと。

ゆえにこそ、貧民を実験材料とする『冥王星』に戦いを挑んだのである。

だが……その結果がこれだ。貧民を食い物にする組織を潰そうが、貧しい者は貧しいままで未《いま》だ苦しみの中にいる。誰も救われないばかりかウェイバー自身が身体を壊して落伍者《らくごしゃ》になっている始末。

こんな話があって堪《たま》るか。

夢の中のウェイバーは唇を噛《か》み締めながら、絶望しきった女性に囁《ささや》く。

「それでもキミは……優しいじゃないか。家名を捨ててどこかに逃げることだってできるのに、家のために必死で働き続けているんだろう？」

「……それは……」

冷え切っていた女の声に戸惑いが混じった。ウェイバーはフッと笑いながら言葉を続ける。

「キミの頑張りで救われた領民はいるはずだ。その人たちに自覚はなくとも、キミは間違いなく誰かを救っているんだよ。そう思わなきゃ……悲しいだろうが」

それは、自分自身に言い聞かせている言葉でもあった。もしもハオ・シンランを倒さなければもっと多くの貧民たちが犠牲になっていたことだろう。そう思わなければやりきれない。

ウェイバーは必死で上体を起こし、閉ざされた瞳で女性のほうを見る。

「私も不器用なほうでね。見ず知らずの誰かのために頑張り続けた結果、こんな身体になってしまったよ。キミはこうならないよう気をつけなさい。どうしても生きるのがしんどくなったら、いっそ逃げてしまったほうがいい」

「……ありがとう。もしもの時はそうさせてもらうわ。でもアナタも不器用さんならわかるはずでしょう？　責任から逃げるのって、それはそれでしんどいのよね……」

「あぁたしかに。私も貧民街ではリーダーをやらされていたからわかるさ。舎弟を自称するチンピラたちに期待のまなざしを向けられ、あちこちの喧嘩《けんか》に駆り出されていくうちに『貧民街の王子』と呼ばれるようになってしまった」

「ふふっ、なんだか微妙に恥ずかしい呼び名ね」

「笑わないでくれ、自覚はしている」

小さな部屋に男女の笑い声が響く。

片ややつれきった女で、片や人相が変わるほどの火傷《やけど》を負った男だ。ラブロマンスの空気というより傷の舐《な》め合いといった雰囲気だが、それでも二人にとっては久々に過ごすなごやかな時だった。

そうして優しい時間はあっという間に過ぎていき、時刻は真夜中に差しかかる。

「――さてと、それじゃあ帰ることにするわ」

「ああ、今日はありがとう。……なぁキミ、また会うことはできるか？」

「それは……ごめんなさい、約束はできないわ。なにせ私は冒険者だもの。……何年も前に酒場で気の合った男の人がいたんだけどね。その人は結局、二度と酒場に現れなかったわ。まぁ酔っていて顔もほとんど覚えていないから、確証はないんだけど……たぶん……」

「そうか……それは酷《ひど》い男だな。キミのような女性を置き去りにして死ぬとは許せん。来世で会ったら文句を言ってやろう」

「あら、彼ってば気が強そうだったから喧嘩になっちゃうかもしれないわよ？」

「フッ。ご安心を、お嬢様。私は無敵の執事ですので」

キザな声色でそう言うウェイバーに、女性は「お嬢様扱いされたのは初めてだわ」とクスクスと笑うのだった。

――それがこの世界におけるウェイバーとソフィアの、最初で最後の出会いであった。

そうして互いの名も聞かずに別れた翌日、『貧民街の王子』はベッドの上で死亡した。死因は多臓器不全による衰弱死である。

彼は意識が消えていく中、疲れ果てていたあの女性を求め続けていた。

ああ……せめて最後に一度だけ話したい。くだらない愚痴を吐き合い、貧乏ゆえの苦労を分かち合いたい。疲れ切っていた彼女のことを少しでも癒してやりたい……！

そう心から願いながら、夢の中のウェイバーは命を落としたのだった。

「あぁっ――ソフィア嬢ッ！」

そこでウェイバーは夢から目覚めた。心臓がバクバクと早鐘を打つが、そんなことに構っていられない。

彼もまたウォルフと同じく即座に客室を飛び出し、ソフィアの部屋へと突撃する！

「ソフィア嬢ぉおおおおおおおおおおおおおおおおッ！」

「って今度はウェイバー!?　え、何!?」

戸惑うソフィアに向かって、ウェイバーは（ぶっ飛ばされて倒れ込んでいるウォルフを踏みつけながら）急接近する！

そうして彼女の裸の足を取ると、その指先や裏側をベロベロベロベロと舐め始めた！

「わひゃ――――――ッ!?　なななっ、何してるのウェイバーさんッ!?　ウェイバーさんも寝ぼけてるの!?」

「寝ぼけてなどいませんッ！　あぁソフィア嬢、あの夢を見て私は強く強く再認識した！　私はアナタを支えたいっ、命の全てを捧《ささ》げてでもアナタの平穏を守りたいのですッッッ！」

「いま現在進行形で平穏を乱してるんですけど――――ッ!?　もうっ、ウェイバーさんも目覚めなさぁいッ！」

月の輝く夜空の下、王家の別荘に二度目の蒸気爆発音が響く。それを聞いて寝苦しそうな表情をするヴィンセント第三王子。

「うっ、う～ん……！」

――普通に寝ていた彼にとっては、非常に迷惑な夜であった。

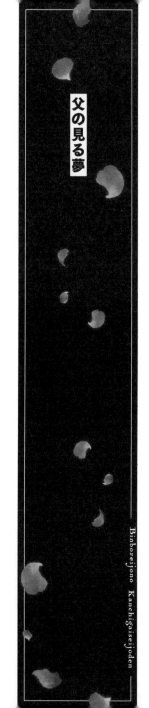

父の見る夢

Binboreijono Kanchigaiseijoden

「――んほ――――ッ!?　キタァァァァアアアアッ！」


遥か僻地のグレイシア領にて、ソフィアの父・パーンは新聞を手に歓喜の咆哮を張り上げた。

喜びのあまり小躍りまでし始めてしまうパーン。執務室にて一人ニヤニヤと笑いながらダンスする姿は完全に危険人物だが、それも仕方がないことだろう。

なぜなら紙面には大々的にこう書かれていたからだ。『商業都市にて大規模テロ発生！　それを収めた美しき救世主、ソフィア・グレイシア！』――と。

「うぉおおおおおッ、ソフィア――――ッ！　やはりお前は自慢の娘だ――――！」

窓から身を乗り出してパーンは吼える。

もはや領主としての品性なんてものは関係ない。信じて外の世界に送り出した娘が、国家の危機を見事に救ってみせたのだから。領主として、そしてなにより親として、これほど誇らしいことはないだろう。

「ソフィア……本当によくやったぞぉ、ソフィアッ！」

遠くの娘に届けとばかりに外に向かって叫ぶパーン。

かなり目立つことをしているが、道行く領民たちはまったく気にしていなかった。なぜなら今やグレイシア領全体がお祭り騒ぎの状態なのだから。

「おいみんなッ、新聞見たかー!? われらがソフィア姫が偉業を成し遂げたぞ――――！」

「いつかビッグなことをやってくれるって信じてましたぜぇ、ソフィア様！」

「グレイシア領の姫君にバンザ――――イッ！」

諸手を上げて我がことのように喜ぶ領民たち。それほどまでに彼らはソフィアを愛していた。

貧しいこの地でめげることなく、常に笑顔を振りまき続けてくれたソフィア・グレイシア。無償で回復薬を配り歩き、誰にだって分け隔てなく接してくれた彼女こそ、領民たちの心の太陽である。そんなソフィアが世間に認められたことがなによりも嬉しい。

ああ、文面曰《いわ》く英雄となったソフィアは王に謁見することになるそうだ。この新聞紙が遠方から届いた数日遅れのものであることを考えれば、すでに王城に招き入れられている可能性が高い。領民たちの心は誇らしさでいっぱいになった。

……そうして狂喜乱舞するグレイシア領の者たち。そんな彼らをパーンは見下ろしながら、ふいに強く唇を噛《か》んだ。

「ソフィアよ……もしもお前が傑物《けつぶつ》に生まれていなければ、われらはきっと『夢』の通りに……」

自嘲気味に呟くパーン。貧しい土地でも幸せそうに笑う領民たちを目にしつつ、昨晩見た恐るべき悪夢を思い返す。

――それは『もしもソフィアが聖女などとは程遠い、普通の少女に生まれたら』というものである。

夢の中のグレイシア領は、まさに最悪の一言だった。

「はぁ……思い返すのもおぞましい。誰も彼もが終わっていた。当たり前に貧しく、当たり前に笑顔もなく、私もソフィアも領民たちも死んだような顔で日々を生きていた……」

所詮は夢だと忘却することもできない。それほどまでにパーンが見た夢は具体的で悲惨なものだったからだ。

彼は確信する。

「間違いない……アレは確実に、一歩間違えばあったかもしれないグレイシア領の姿だ。そして私自身もそうだ。もしもソフィアが凄まじい才能の持ち主でなければ、私は彼女を冷遇していたかもしれない。そうして根暗な性格に育ってしまった娘を……無理やり危険なダンジョンにでも向かわせていたかもしれない」

実際に夢の中のパーンはそうしていた。貧しさによって心が荒《すさ》んでしまった彼は、娘の命などまったく気にせずハイリスク・ハイリターンの冒険者業をやらせる最悪の父親となり果てていた。

冒険者にさせたことについては現実と同じだが、内約があまりにも違いすぎる。

才能あふれる娘に羽ばたいて欲しいと思って送り出した現実とは違い、夢の中のパーンは特注の戦闘用ドレスも与えることなく、ただ金欲しさのためにソフィアを着の身着のままで追い出したのだから。

そのあまりの非情っぷりに、できることならパーンは夢の中の自分をぶっ殺してやろうとすら思った。怒りで思わず身体が震える。

「っ……ソフィア、ごめんなぁ。もしもお前が神童として生まれていなければ、私はお前を追い詰めていた。才能なんてあろうがなかろうが、娘であることに変わりないのに。断言しよう、パーン・グレイシアはゴミクズだよ……」

一切の言い訳などせず、パーンは自分をそう言い切る。

実際に狩りや商売まで行って領地を潤してくれた娘に比べれば、自分は何もしていないのだから。

もはやソフィアが生まれる前に持っていた領主としてのちっぽけなプライドなど、跡形もなく吹き飛んでいた。

――だが決して、領民たちの前では弱音を吐かないと彼は自分に誓っていた。

なぜならパーン・グレイシアは『聖女の父親』なのだから。民衆たちがソフィアを通して自分にも敬意を向けてくれている以上、情けない姿など見せられるわけがない。それは素晴らしき娘の評価を下げてしまうことにもなるかもしれないからだ。

パーンは自分の頬を叩き、気合を入れなおした。

「よし……今日は記念日としよう！　領民たちに酒でも振る舞ってやるかっ！」

美しき娘の姿が描かれた新聞を机に置き、執務室から出ていくパーン。

彼の心は決まっていた。たとえソフィアに比べたら哀れなほどに無能だろうが、領主としてのプライドなど完全に砕け散っていようが、父親としての誇りだけは死ぬ気で貫いてやろうと。

誰よりも大切な娘のために、カッコいい父であり続ける。

それが『聖女』によってもっとも最初に変えられた、一人の男の生き方だった。

あとがき

はじめましての方ははじめまして、馬路まんじです！！！！！！　同時期に出した作品と同じくもはやあとがきを書いてる時間もないので、とにかく走り書きでいっぱいビックリマークを使って文字数を埋めていきますッッッッ！！！！！　というかだいたいコピペです！！！！！！！！！！

『貧乏令嬢の勘違い聖女伝』、いかがだったでしょうか！！！？　貧乏＆不幸すぎて色々と価値観が荒《すさ》んでいる元根暗女子がホイホイと運命に転がされて内心ギャーギャー喚《わめ》き叫んでいる話です！！！！　はたから見たらなんやかんやでイケメンに囲まれて嬉しすぎる状況ですが、ソフィアちゃん本人は恋愛よりもまず生存欲なので歪んでたり厄ネタまみれだったり借金五億（※ウォルフくん）だったりする男たちはノーウェルカムでございます！！！！　この男運のない不器用女の物語をこれからもよろしくお願いします！

元々は小説家になろう様で連載していた話でしたが、出版社一迅社様というコミック百合姫などを出版している存在に拾われて全国の書店様に並べられることになりました！！！　あの令嬢転生小説モノにおける代表作ともいえる『乙女ゲームの破滅フラグしかない悪役令嬢に転生してしまった…

（ノベル続刊中&月刊コミックゼロサムで漫画連載中！）』の妹分になれてすご一く嬉しいです！！！
読者さんたちも可愛い女の子ばかりだと信じています！

ＷＥＢ版を読んでいた上に書籍版も買ってくださった方、本当にありがとうございます！！！！！！！　今まで存在も知らなかったけど表紙やタイトルに惹かれてたまたま買ってくれたという方、あなたたちは運命の人たちです！！！！！　ツイッターでＪカップ猫耳メイド系バーチャル美少女をやってるので、購入した本の画像を上げてくださったら「お姉ちゃんっ♡」と言ってあげます！！！！！！！！！！　『貧乏令嬢』を友達や家族や知人や近所の小学生にぜひぜひぜひオススメしてあげてください！！！！！！　よろしくお願いします！！！！！！！

そしてッ！　この場を借りて、ツイッターにてわたしにイラストのプレゼントやア〇ゾン欲しいものリスト（死ぬ前に食いたいもののリスト）より食糧支援をしてくださった方々にお礼を言いたいです！！！！！

高千穂絵麻（たかてぃ）さま、皇夏奈ちゃん、磊《こいし》なぎちゃん、おののきももやすさま、まさみゃ～さん、破談の男さん（定期的に貢いでくれる……！）、たわしの人雛田黒さん、ぽんきちさん、無限堂ハルノさん、明太子まみれ先生、がふ先生、イワチグ先生、ふにゃこ（ポアンポアン）先生、朝霧陽月さん、セレニィちゃん、リオン書店員さん（連載初期にソフィアちゃんのイラストを描いてくれました！）、さんますさん、Haruka さん、黒毛和牛さん、るぷす笹さん、味醂味林檎さん、不良将校さん、№８さん、走れ害悪の地雷源さん（人生ではじめてクリスマスプレゼントくれた……！）、ノベリスト鬼雨さん、パス公ちゃん！（イラスト十枚くらいくれた！）、ハイレンさん、蘿蔔《すずしろ》だりあさん、そきんさん、織侍紗《おささ》ちゃん（あきたこまち八ｋｇくれた）、狐瓜和花さん、鐘成さん、手嶋柊。さん、りすくちゃん（現金くれた！）、いづみ上総さん（現金くれた！）、べリーナイスメルさん、ニコネコちゃん、瀬口恭介くん、矢護えるさん（クソみてぇな旗くれた）、ＡＳＴＥＲさん、グリモア猟兵と化したランケさん（プロテインとトレーニング器具送ってきた）、かへんてーこーさん、ぉ拓さんちの高城さん、コユウダラさん（われのイラストくれた）、方言音声サークル・なないろ小町さま（えちえちＣＤ出してます）、飴谷きなこさま、気粉屋進士さん、奥山河川センセェ、ふーみんさん、ちびだいずちゃん（仮面ライダー変身アイテムくれた）、紅月潦さん、虚陽炎さん、ガミオ／ミオ姫さん、本屋の猫ちゃん、秦明さん、ahiru さん、ＡＮＺさん、tetra さん、Ｔ-ＲＥＸ＠木村竜史さま、無気力ウツロさま（牛丼いっぱい！！！）、雨宮みくるちゃん、猫田＠にゃぷしぃまんさん、ドルフロ・艦これを始めた北極狐さま、大豆の木っ端軍師　幻夜さん、かみやんさん、神望喜利彦山人どの、あらにわ（新庭紺）さま、雛風さん！！！！　本当にありがとうございました――――！　ほかにもいつも更新するとすぐに読んで拡散してくれる方々などがいっぱいいるけど、もう紹介しきれません！！！！！　ごめんねえええそしてありがとねええええええええええ！！！！！！！！！！！(;ω;)

　そして最後に、素晴らしいイラストを届けてくれたイラストレーターのひさまくまこさんとッ、右も左も分からないわたしに色々とお世話をしてくださった編集のＳさまと製本に携わった多くの方々、そして何よりもこの本を買ってくれた全ての人に、格別の感謝を送ったところで締めにさせていただきたいと思います！　本当に本当にありがとうございましたああああああ！

最後の最後に、予定されているコミカライズ版も、どうかお楽しみにー！　アデュー！

僕は婚約破棄なんてしませんからね

著：ジュピタースタジオ　　イラスト：Nardack

「き……、きゃあああああ――――！」第一王子の僕の婚約者である公爵令嬢のセレアさん。十歳の初顔合わせで悲鳴を上げて倒れちゃいました！　なになに、思い出した？　君が悪役令嬢？　僕の浮気のせいで君が破滅する？　そんなまさか！　でも、乙女ゲームのヒロインだという女の子に会った時、強烈に胸がドキドキして……、これが強制力？　これは乙女ゲーのストーリーという過酷な運命にラブラブしながら抗う、王子と悪役令嬢の物語。

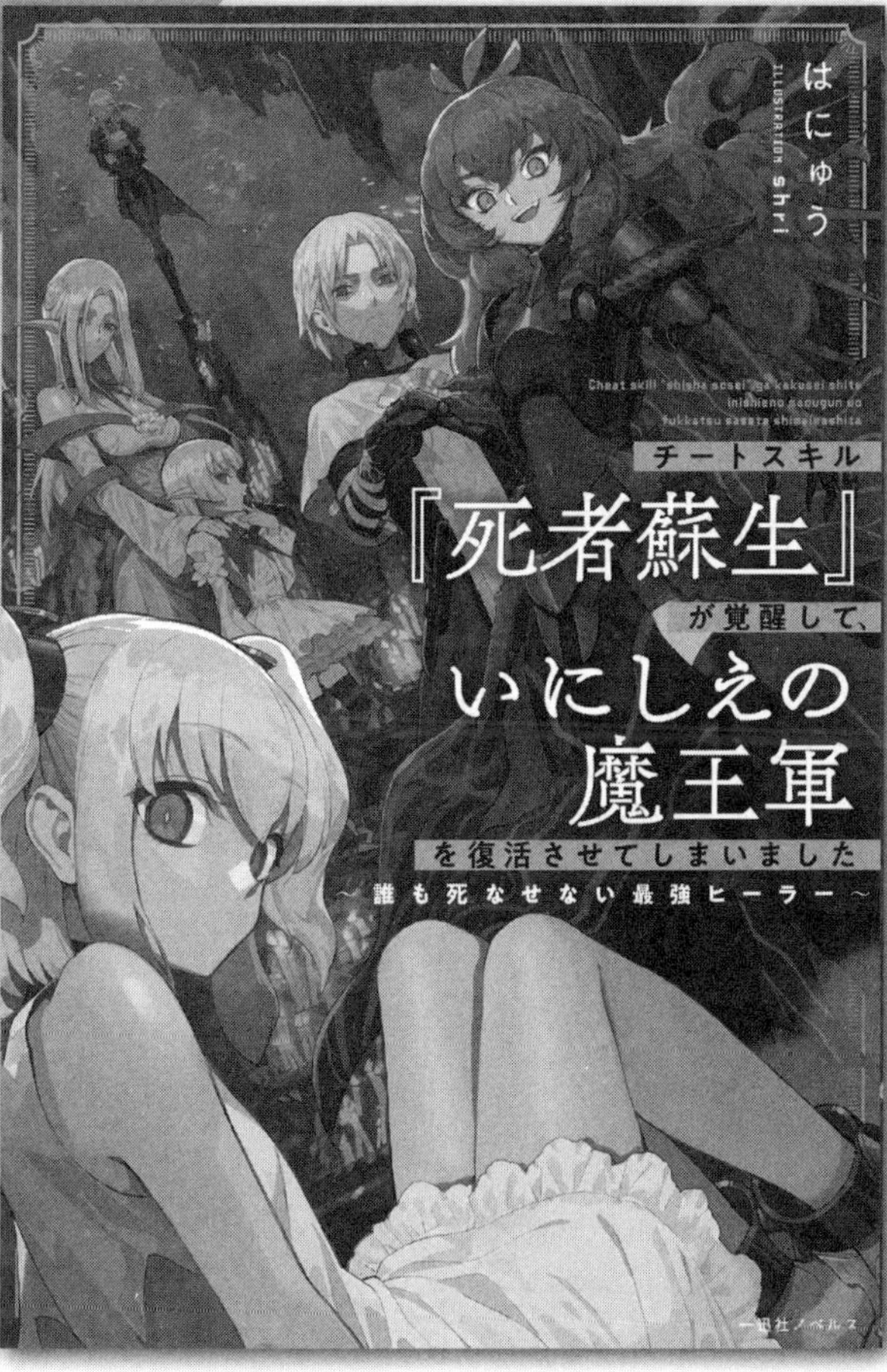

チートスキル『死者蘇生』が覚醒して、いにしえの魔王軍を復活させてしまいました～誰も死なせない最強ヒーラー～

著：はにゅう　イラスト：shri

特殊スキル『死者蘇生』をもつ青年リヒトは、その力を恐れた国王の命令で仲間に裏切られ、理不尽に処刑された。しかし自身のスキルで蘇ったリヒトは、人間たちに復讐を誓う。そして古きダンジョンに眠る凶悪な魔王と下僕たちを蘇らせる！　しかし、意外とほんわかした面々にスムーズに受け入れられ、サクッと元仲間に復讐完了。さらにめちゃくちゃなやり方で仲間を増やしていき――。強くて死なない、チートな世界制圧はじめました。

勇者の嫁になりたくて(￣▽￣)ゞ

著:鐘森千花伊　　イラスト:山朋洸

ファンタジーな世界に前世の記憶を持ったまま転生した少女ベルリナ。彼女は前世知識と特殊スキルによって都会暮らしを堪能していたのだが……。ある日、勇者・クライスを一目見た瞬間にすべてが変わってしまった。そう、都会暮らしを捨てて勇者を追いかけるという追っかけ生活に！　たとえ火の中、水の中、危険なダンジョンの中であろうとも、勇者様の姿を10m後ろに隠れてがっつり追いかけます。すべてはあなたの嫁になるために!!

貧《びん》乏《ぼう》令《れい》嬢《じょう》の勘《かん》違《ちが》い聖《せい》女《じょ》伝《でん》

～お金《かね》のために努力《どりょく》してたら、王族《おうぞく》ハーレムが出来《でき》ていました!?～

Binboreijono Kanchigaiseijoden

2020年7月5日　初版発行

著者　馬路《まじ》まんじ
イラスト　ひさまくまこ

発行者　野内雅宏
発行所　株式会社一迅社
〒160-0022
東京都新宿区新宿3-1-13　京王新宿追分ビル5F
電話：03-5312-7432(編集)
電話：03-5312-6150(販売)
発売元：株式会社講談社(講談社・一迅社)

印刷・製本　大日本印刷株式会社
DTP　株式会社三協美術
装丁　團 夢見(imagejack)

初出「貧乏令嬢の勘違い聖女伝
～お金のために努力してたら、王族ハーレムが出来ていました!?～」
小説投稿サイト「小説家になろう」で掲載

ISBN 978-4-7580-9275-3

おたよりの宛先
〒160-0022
東京都新宿区新宿3-1-13　京王新宿追分ビル5F
株式会社一迅社　ノベル編集部
馬路まんじ先生・ひさまくまこ先生